인트로

인트로
최이랑 지음

내 이름은 미아. 미디어 고등학교 졸업을 석 달 앞둔 현장 실습생이다. 오늘은 오후에 느긋이 출근 중.
여유롭다.

수지는 출근했을까?

……

어젯밤 열시 무렵, 수지의 전화를 받았다.
나, 너무 힘들어…….

왜에? 뭐가?
모르겠어. 이게 맞는 건지…….

뭔데? 말해 봐. 내가 맞나 틀리나 판단해 줄게.
……
서수, 너답지 않게 왜 그래?

나다운 게 뭔데?

정신없는 일주일이 지나,

단이와 수지를
만나는 일요일이 다가왔다.

서수!

너, 뭐야.
차림이
왜 그래?

수지의 평소 옷차림.

지금.
왜?
이상해?

아, 커피.
커피 사 올게.

쪼옥—

음, 고소하다!
너, 커피
안 좋아하잖아?

마셔 보니
좋더라고.
무슨 일인데
그래?

넌 어때? 현장 실습, 할 만해?
할 만 한가?
잘 모르겠어.

야, 다 그런 거야!
뭐가 다 그래?

울 엄마가 그랬어. 세상살이 녹록한 건 없다고.
돈 벌려면 내 몸이 열 배, 백 배는 피곤해야 한다고 했어.

몸이 피곤한 건 참을 수 있어.

마음이 무너지는 건? 그것도 참아야 해?

차
례

현장 실습

행사가 시작되려면 두 시간은 있어야 하는데 주차장은 벌써 주차할 곳 찾기가 어려울 만큼 복잡했다.

"피디님, 저기 오른쪽이요!"

조수석에 앉아 미아는 검지로 오른쪽 끝자리를 가리켰다. 다크서클을 턱 밑까지 늘어뜨린 한 피디가 끙끙거리며 핸들을 돌렸다. 주차장 바닥에 깔아 놓은 하얀 자갈이 타이어에 긁히며 그르륵그르륵 소리를 냈다. 한 피디 얼굴은 더 일그러졌다. 그러거나 말거나 미아는 기분이 좋았다. 현장 실습 3일차에 외근이라니. 게다가 '가을꽃축제'라니. 학교 아니면 집과 동네를 어기적어기적 배회하고 있을 대한민국 고등학교 3학년 미아에게 오늘 일정은 막힌 숨통을 탁 트여 주는 것이었다.

“아싸, 제 덕이에요!”

한 피디 차가 자리를 잡자마자 미아가 주먹을 불끈 쥐며 소리를 높였다. 한 피디는 안전벨트를 풀며 휘휘 고개를 저었다. 아무래도 괜히 데려왔다 싶은 눈치였다. 미아는 잽싸게 차에서 내려 뒷좌석에 부려 놓은 촬영 장비를 꺼냈다. 일 때문에 왔다는 걸 기억하고 있다고 한 피디에게 알려 줘야 했다.

“우리는 스케치 위주로 찍으면 되니까.”

“영상 스케치만 하면 되는 거죠? 따로 할 일은 없는 것 맞죠?”

미아가 한 피디 말을 뚝 끊어 먹었다. 이미 다 알고 있다고, 그 정도 눈치는 충분히 있다고 말해 주는 거였다. 한 피디가 머쓱한 듯 입을 실룩거리고는 카메라 가방을 열었다.

“마이크는 필요 없죠? 한낮이니까 조명도.”

미아가 한창 아는 체를 하려는데 한 피디가 삼각대를 미아 가슴팍에 꽂았다. 미아는 컥 소리를 내며 삼각대를 받아 안았다.

“나 따라다니다가 필요하겠다 싶을 때 펼쳐 주면 돼.”

한 피디가 짧게 말을 붙이며 카메라 앞쪽에 마이크를 꽂았다. 현장음을 담으려는 모양이었다. 스케치만 하면 된다면서 굳이 현장음이 필요한가 싶었다. 미아는 입을 삐죽거리며 카메라 가방에서 메모리 카드와 배터리를 꺼냈다. 한 피디가 제법이라는 표정으로 미아를 보았다. 미아는 일부러 꽁한 표정을 짓고, 자동차 문을 탁 닫았다. 자동차 문에 햇살이 강렬하게 반사됐다.

“화이트 맞춰야 되니까 A4 용지도.”

한 피디가 말을 맺기도 전에 미아는 어깨에 둘러멘 가방에서 흰 우드록을 꺼냈다. 한 피디가 엄지를 세웠다.

“이 정도는 기본이라고요!”

미아는 뽀로통하게 말을 던지고 성큼 걸음을 디뎠다. 주차장 너머로 행사장을 알리는 푯말이 큼지막하게 세워져 있었다. 한 피디 뒤를 졸졸 따라다닐 필요가 없었다.

“어이, 실습생! 같이 가지!”

한 피디가 건들거리며 미아에게 다가왔다. 불만은 있어도 뒤끝은 없는 사람 같았다. 미아 마음이 한결 편안해졌다.

어리미디어고등학교 3학년인 미아는 딱 3일 전부터 푸름프로덕션에서 현장 실습을 시작했다. 푸름프로덕션은 현장 실습 최소 조건에 해당하는 5인 규모 사업장이었다.

대표 한 명과 제작 피디 둘, 조연출 하나에 회계 업무 담당 하나. 단출한 규모의 푸름프로덕션에서는 고정으로 두 개 프로그램을 제작하고 있었는데, 전문 케이블 방송에 납품되는 건강 프로그램과 골프 프로그램이었다. 공중파나 거대 OTT 업체에 납품되는 프로그램은 아니어서 미아는 조금 실망스러웠지만 하는 수 없었다.

“프로덕션 규모에 비하면 괜찮은 편이야. 고정 프로그램 없는 프로덕션도 널렸다.”

푸름프로덕션을 소개하며 진로 담당 선생님이 말했다. 선생님은 영상 관련 업종이 보기에는 화려하고, 최신 혹은 첨단을 이끌고 있는 것 같아도 실상은 빛 좋은 개살구가 따로 없다고 덧붙였다. 그렇다면 미디어 고등학교는 왜 있는 거야, 선생님은 왜 미디어 고등학교에서 제자를 길러 내는 거야. 미아 마음속에 독사가 들어앉아 똬리를 틀었다. 하지만 독사는 겉으로 모습을 드러내지 않았다. 미아는 학사 일정에 맞춰 얌전히 학교를 마치고 싶었다.

실습생 조미아를 담당하게 된 한상렬 피디는 5년 차 피디로 푸름프로덕션에서 노인 대상 건강 프로그램을 만들고 있는데, 가끔 다른 프로덕션의 영상 촬영이나 편집에 지원을 나갔다. 오늘 경기도 양평에서 열리는 꽃 축제 촬영도 단순 지원에 해당하는 일감이었고, 때문에 실습생 미아가 꼭 따라나설 필요는 없었다. 오늘 촬영 지원은 미아 스스로 나선 일이었다. '양평가을꽃축제'라는 타이틀이 미아 마음을 움직였기 때문이다.

행사장에 들어서며 미아는 걸음을 멈추고 숨을 크게 들이마셨다. 콧속으로 꽃 내음이 빨려 들어와 가슴을 가득 채웠다.

"실습생님, 이렇게 여유 부리면 안 돼요."

한 피디가 미아 곁을 지나며 말을 던졌다. 미아도 부지런히 걸음을 옮기며 한 피디에게 말했다.

"원래 주말에는 일하면 안 되는 거 아시죠?"

실습 시작할 때, 미아는 '실습표준협약서'에 사인을 했다. 실습표준협약서에는 월요일부터 금요일까지 5일 동안 하루 일곱 시간씩 실습하기로 되어 있었다. 물론 출퇴근 시간은 정해 놓지 않았고, 양쪽 합의에 따라 조정 가능하다는 문구도 적혀 있기는 했다.

"오늘은 실습생님이 오겠다고 한 건데요?"

한 피디 목소리에 장난기가 묻었다. 어제 일을 받고 조금 전 주차장에 도착할 때까지 내내 부루퉁하던 모습은 간데없었다. 하늘은 구름 한 점 없이 파랬고, 더위를 물리친 바람은 제법 선선했다. 그리고 바람결에 꽃 내음이 묻어났다. 한 피디도 미아 못지않게 사무실을 벗어나고 싶었던 게 분명했다.

"사수님이 촬영 간다는데 실습생 주제에 어떻게 쉬어요?"

미아의 대꾸에 한 피디가 껄껄 웃었다. 그러고는 '사수'라는 말은 어디에서 배웠냐고 물었다. 아무래도 한 피디는 특성화고를 잘 모르는 것 같았다. 특성화고는 졸업과 동시에 취업하려는 아이들이 다니는 학교다. 그곳에서 3년을 지내다 보면 이런저런 경로를 통해 취업 관련 업체에 얽힌 이야기들을 주워들을 수 있었다. 사수라는 단어도 마찬가지였다. 방송 제작 관련 업체에서는 신입에게 사수가 한 명씩 붙어서, 신입이 일을 제대로 할 수 있게끔 지도한다고 했다. 물론 미아는 푸름프로덕션에 취업한 건 아니었다. 현장 실습생으로 석 달 지내면 끝날 관계였다. 하지만 푸름프로덕션에서 보내는 석 달을 한상렬 피디 지도 아래 보내야 했다. 당연히 미아의 첫 사수는 한 피디였다.

"그거 스승에게서 학문이나 기술을 배운다는 말인데, 내가 네

스승인가?”

한 피디가 고개를 갸웃거리며 미아를 보았다.

“갑질이 뭔지 알지?”

한 피디가 물었고, 미아는 고개를 끄덕였다.

“약간 선배가 후배한테 갑질하는 느낌의 말이랄까!”

“아!”

걸음을 옮기며 미아는 짧게 감탄사를 뱉었다. 사수의 말이라면 자다가도 벌떡 일어나 실행에 옮겨야 한다고 들었는데 한 피디는 그걸 갑질로 여기는 듯했다. 한 피디와 걸음을 맞추며 미아는 싱긋 웃었다. 갑질을 경계하려는 한 피디의 마음 씀이 마음에 들었다. 사수로 모셔도 될 것 같았다. 이제 겨우 3일 만난 사이지만 말이다.

파란 하늘 아래 펼쳐지는 꽃 축제 현장은 생각보다 훨씬 크고 화려했다. 입구에서 중앙 무대 가는 길에는 분홍 물을 들인 볏짚 카펫이 깔려 있고, 길 양옆에서 가벼운 바람에도 이리저리 흔들리는 핑크뮬리는 사람들 감탄을 자아냈다. 중앙 무대 주변으로는 구절초, 백일홍 등 키 작은 야생화가 가득했고, 오른쪽으로는 갖가지 꽃과 조형물로 장식해 놓은 포토 존이 2, 3미터 간격으로 배치되어 야트막한 산을 뒤덮고 있었다. 왼쪽에는 먹거리 장터와 양평에서 생산되는 지역 농특산물 판매장이 있었는데 일찌감치 생산물을 들고 나온 농민들로 북적였다.

“촬영 팀이십니까?”

관계자 목걸이를 건 아저씨가 한 피디 앞으로 성큼성큼 다가왔다. 한 피디도 카메라를 들고 꾸벅 허리를 숙였다. 미아는 촬영 팀이라는 말에 마음이 꽁했다. 엄밀히 말하면 제작 팀인데 말이다.

"이왕 오신 김에 인터뷰도 좀 따 주시고요."

관계자가 말했다. 한 피디 얼굴이 곧장 굳었다.

"아, 저희는 현장 스케치만……."

"아이고, 스케치만 하려면 뭐 하러 돈 들여 가면서 영상을 만들겠습니까? 그 정도는 저희가 해도 되지요. 이따 군수님 오실 거니까 군수님 인터뷰도 해 주시고, 농산물 판매장에 가서도 좀 해 주시고……."

관계자는 막무가내였다. 한 피디는 잠깐만 기다려 달라 하고는 멀찍이 떨어진 곳으로 가서 휴대폰을 잡았다. 대표에게 전화를 거는 듯했다.

"사람, 되게 빽빽하게 구네."

관계자가 가래를 끌어 모으더니 칵 침을 뱉었다. 미아는 눈살을 찌푸리며 고개를 돌렸다.

"거기도 촬영 팀이요?"

관계자가 물었다.

"제작 팀인데요!"

미아가 삐뚜름하게 대꾸했다.

"여기까지 와서 인터뷰 좀 하는 게 그리 어렵나?"

미아의 반응을 읽어 내지 못한 관계자는 버럭 성을 냈다. 어떻게 대꾸해야 하나 생각하는 순간 한 피디가 성큼성큼 다가오며 알겠다고 했다. 대표랑 이야기가 된 모양이었다. 관계자는 잔뜩 일그러뜨린 얼굴을 환하게 풀었다. 그러고는 스태프 목걸이 두 개를 한 피디와 미아 앞으로 내밀었다.

"마음껏 다니면서 찍으세요. 잘 부탁합니다!"

관계자가 누런 이를 드러내며 벙긋 웃었다. 그러고는 농산물 판매장을 향해 고함을 지르며 잰걸음으로 사라졌다.

"스케치만 하면 되는 거 아니에요?"

미아가 조심스럽게 물었다.

"그냥 해 달라는 대로 해 주래."

한 피디 목소리에 언짢음이 가득했다. 간단한 촬영인 줄 알고 쫓아왔는데 어쩐지 잘못된 것 같았다. 인터뷰를 하려면 목소리가 잘 잡히는 마이크가 필요했다. 오디오 밸런스도 체크해야 했다. 아무래도 주차장에 다녀와야지 싶었다.

"을도 이런 을이 없다."

한 피디가 도리질을 하며 주차장을 향해 몸을 돌렸다. 그러고는 흘깃 미아를 쳐다보았다.

"이렇게 맥없는 모습만 보여 주면 안 되는데 말이지."

한 피디가 머쓱하게 웃으며 고개를 숙였다. 한 피디 어깨가 꺼질 듯 내려앉았다.

어리밥상

익숙한 음악이 미아 귓가에서 울렸다. 전화벨. 미아는 이불 밖으로 손을 내밀어 휴대폰을 집었다.

"조미아, 밥 먹자."

예상대로 엄마였다.

"몇 신데?"

두 눈을 감은 채 미아가 물었다.

"열 시 반. 빨리 와. 조금 있으면 점심 손님 올 거야."

"일요일에 무슨……."

점심 손님이 있어 봐야 몇이나 있겠냐고 구시렁댈 참이었는데 전화가 뚝 끊겼다. 엄마는 늘 이랬다. 자기 할 말이 끝나면 뚝! 생각해 보면 할머니도 그랬다. 그렇다면 미아 자신도 그럴지 몰랐다. 조심해야지 생각하며 미아는 두 눈을 비볐다.

세수하고, 머리를 하나로 질끈 묶은 다음 미아는 집을 나섰다. 일요일 늦은 오전, 눅진한 햇살이 3층짜리 빌라가 다닥다닥 붙어 있는 골목을 채웠다. 비가 올 것만 같았다.

"꽃 축제 망하겠는데?"

어제 촬영은 밤 아홉 시가 되어서 끝났다. 오후 여섯 시 무렵 마치기로 한 촬영이어서 조명도 챙겨 가지 않았는데 축제 관계자는 사정을 듣지 않았다. 여섯 시부터 중앙 무대에서 진행되는 가수 공연을 찍어 달라 했고, 무대 조명이 있으니 괜찮다고 했다. 한 피디는 내내 눈썹을 팔(八) 자로 구기며 관계자 요구대로 움직였다. 미아에게는 먼저 가도 된다고 했지만 그럴 수 없었다. 행사장에서 집까지 대중교통으로 움직이기에는 거리가 너무 멀었고, 가수들 공연에도 관심이 있었다. 물론 축제에 초대된 가수는 미아 취향과는 거리가 멀었다. 하지만 진짜 가수 공연을 영상에 담아 보는 것도 괜찮은 실습이 될 것 같았다.

골목을 나와 큰길에 닿았다. 큰길 건너편에는 미아가 다니는 어리미디어고등학교가 있었다. 어리미디어고등학교에는 미디어를 전공하려는 여러 지역 아이들이 몰려들었다. 때문에 등하교에 한 시간씩 걸리는 아이들도 여럿이었는데, 미아는 그야말로 엎어지면 코 닿을 거리에 살았다. 아이들은 미아를 꽤 부러워했지만 미아는 달랐다. 학교와 집이 가깝다는 것은 도망칠 구석이 없다는 것과 같은 뜻이었다. 게다가 미아 할머니가 30년째 운영하는 '어리밥상'도 근거리에 있었다. 그 말은 곧 미아 할머니가 30년째 이 동네 붙박이로 살고 있다는 것이고, 그만큼 오래된 이 동네에 미아를 알아보는 어른들이 꽤 있다는 의미였다. 그러니 미아는 동네에서 옴짝달싹할 수 없었다. 어리밥상 손녀로 착실하고 예의 바르게 살아남는 게 미아의 도리였다.

"왔어요……."

어리밥상 문을 드르륵 열었다. 식당 안쪽에 앉아 있던 할머니가 잽싸게 몸을 일으켰다.

"다 차려 놨는데 뭐 하러 일어나."

엄마가 입안 가득 채워 넣은 상추쌈을 와구와구 씹으며 할머니를 말렸다.

"밥 갖다줘야지. 얼른 앉아라."

할머니가 밥통에서 뜨끈뜨끈한 밥그릇을 맨손으로 집어다가 탁자에 올렸다. 미아는 할머니가 내민 밥그릇 앞에 자리를 잡았다.

"어제는 몇 시에 온 거야?"

할머니가 물었다. 날마다 새벽 다섯 시면 식당에 나오는 할머니는 밤 열 시면 잠자리에 들었다. 그러니 미아가 들어오는 걸 보지 못한 거다.

"열 시 좀 지나서!"

“아이고!”

할머니가 혀를 끌끌 차며 미아의 옆머리를 만졌다. 손끝에 미아에 대한 걱정이 잔뜩 묻어났다. 현장 실습 시작할 때부터, 아니 미아가 특성화고를 선택할 때부터 할머니는 내내 끌끌거리며 미아를 안쓰럽게 바라보았다. 굳이 그러지 않아도 되는데, 할머니가 다 해 줄 건데. 입 밖으로 소리 내어 말하는 것도 여러 번 들었다.

“자기가 좋아서 하는 일인걸, 뭐.”

엄마가 퉁명스레 대꾸했다. 미아는 밥을 크게 한술 떴다. 엄마 말이 맞기는 하지. 생각하다가 미아는 멈칫했다. 내가 정말 좋아서 미디어 고등학교를 선택한 건가? 꼭 그렇지만은 않은데, 엄마는 너무나 아무렇지도 않게 받아들인다. 마음속에 바늘구멍이 뚫렸다. 찬바람이 바늘구멍을 훑고 지나간다.

“막상 현장에 가 보니 다르긴 하더라.”

미아는 아무렇지 않은 척 말을 던졌다. 모전여전. 그 엄마에 그 딸이다.

“뭐가?”

엄마가 상추쌈을 입에 욱여넣으며 물었다. 그러는 새 어리밥상 문이 열리고 손님이 들어섰다. 할머니가 자리에서 발딱 일어났다. 손님은 동네 터줏대감이었다. 혼자 밥 차려 먹기 귀찮아 식당을 찾는 사람. 그런 손님들 때문에 할머니는 일요일에도 식당 문을 열었다.

“미아도 왔네?”

손님이 알은체했다. 미아는 고개를 까딱하고는 콩나물국에 숟가락을 담갔다. 손님은 익숙하게 밥상 하나를 주문했고, 할머니는 곧장 조리실로 들어갔다. 엄마도 물과 기본 반찬을 챙겨 손님상에 놓았다.

"뭐가 다른데?"

엄마가 다시 미아 앞에 자리를 잡았다.

"생각보다 몸을 많이 써야 하고, 눈치도 많이 봐야 하고……."

"세상일이 다 그렇지. 식당 일은 뭐 안 그런 줄 알아?"

엄마가 미아를 흘겼다.

"그래도 여기는 할머니가 사장이잖아. 사장 마음대로 할 수 있고!"

때마침 할머니가 제육볶음 한 접시를 손님상에 내어 주고 자리로 돌아왔다.

"뭐가, 뭐를 마음대로 해?"

할머니가 물었다. 엄마가 홰홰 고개를 저었다.

"여기 사장님은 악덕 업주야. 주 칠 일 근무. 이게 정상이니?"

엄마가 툴툴댔다.

"너는 쉬어. 누가 너더러 주말에도 나오래?"

"사장님이 나오는데 종업원이 어떻게 쉬어? 눈치 보이게."

엄마가 밥그릇에 남은 밥알을 닥닥 긁으며 말을 붙였다.

"네가 맡아서 할 때는 주말에 쉬어. 내가 할 때까지는 할 수 없다.”

할머니 눈길이 문가에 앉아 홀로 끼니를 때우고 있는 손님에게 향했다. 오래 묵은 동네에는 유독 혼자 사는 중장년층이 많았다. 그들은 수시로 어리밥상 문턱을 넘나들며 할머니가 차려 내는 밥상을 받았다.

“언제 물려줄 건데?”

엄마가 장난스레 웃으며 할머니를 보았다.

“이제 겨우 삼 년 남짓 해 놓고 벌써 눈독 들이는 거야?”

할머니가 어림없다는 듯 고개를 저었다. 3년 되었구나. 아빠 떠나고 기댈 곳 잃은 엄마는 미아를 데리고 할머니 곁으로 들어왔다. 그리고 그때부터 어리밥상에서 일을 시작했다.

엄마가 빈 그릇을 챙겨 조리실로 들어갔다. 엄마 마음에도 찬바람이 도는 듯 보였다. 또 식당 문이 열렸다. 새로 들어온 손님은 둘이었다. 역시나 단골이었다. 손님들은 할머니에게 넙죽 인사하고, 밥상 2인분을 주문했다. 이번에는 엄마가 제육볶음을 조리하기 시작했다.

“할머니는 삼십 년이나 했으면서 지겹지 않아요?”

미아가 할머니에게 질문을 던졌다.

“지겹기는! 여기 앉아서 손님들이랑 이런저런 얘기도 나누고, 얼마나 재미나는데!”

할머니가 싱긋거렸다. 미아는 피식 웃었다. 엄마가 식당을 물려

받으려면 10년은 더 걸릴 것 같았다.

할머니가 2인 밥상을 손님상에 차렸다. 손님들은 할머니에게 반갑게 말을 붙였다. 할머니 얼굴에 웃음이 걸렸다. 재미나다는 말이 허풍은 아닌 듯 보였다.

남은 밥을 마저 비우고, 미아는 그릇들을 쟁반에 담아 조리실로 들어갔다. 주말에 어리밥상에서 미아네 식구가 먹은 밥상 설거지는 미아 몫이었다.

"우리를 이리저리 끌고 다니면서, 계약에도 없는 걸 어찌나 찍어 달라고 하던지!"

설거지하면서 미아는 종알종알 경험담을 늘어놓았다. 엄마는 손님상에 나갈 감자채볶음을 하려는지 감자 껍질을 벗겨서 쌀뜨물에 담갔다.

"축제라고 몰려든 사람은 많지, 카메라는 무겁지. 에휴!"

"그럼 그냥 요리를 배워."

엄마가 툭 말을 던졌다. 할머니는 또 새로 들어온 손님을 맞았다. 일요일 점심이어도 식당 테이블 여섯 개 중 절반이 찼다. 이래서 할머니는 일요일에도 가게 문을 닫지 못했다.

"요리 배워서 뭐 하라고?"

미아가 삐죽 입을 내밀었다.

"어리밥상 삼 대 사장 하면 되잖아."

"으!"

미아가 어깨를 들어 올리며 진저리를 쳤다. 식당 할 생각이 새 끼손톱만큼이라도 있었으면 조리 학교를 선택했을 거다. 그걸 엄마가 모를 리 없었다.

"나 말고 삼촌 쪽으로 알아보는 게 어때?"

삼촌은 시내에 있는 호텔 레스토랑에서 일하고 있다. 아니, 일을 했다고 해야 하나. 아무튼 혼자 힘으로 조리 학원 다니고, 이탈리아에서 유학하고, 그곳에서 쭉 식당 조리 일을 하다가 호텔 레스토랑까지 진출한 삼촌의 요리 실력이 엄마보다 훨씬 좋을 거다.

"너희 할머니가 삼촌한테 이 조그만 동네 식당을 맡기겠어?"

엄마가 감자채를 볶으며 홀을 내다보았다. 할머니는 첫 손님이 떠난 자리를 치우고 있었다. 미아도 할머니를 보며 고개를 끄덕였다. 할머니에게 삼촌은 빛이었다. 할머니가 자신의 빛에게 열다섯 평짜리 백반집을 물려줄 리 없었다. 미아가 입을 열었다.

"삼대라며. 그러니까 삼촌 말고 마리."

늦게 결혼한 삼촌에게는 여섯 살배기 딸, 마리가 있다. 엄마는 또 고개를 저었다. 이제 겨우 여섯 살인데 언제 요리를 배워 식당을 맡겠냐는 거다.

"그러니까 삼대까지 물려줄 생각 하지 마시라고요."

미아가 목소리에 땅땅땅 힘을 넣었다. 엄마는 알겠다는 듯 코를 찡긋했다. 설거지를 마친 미아는 비어 있는 물통들을 가지고 홀로 나갔다. 물통에 물을 채우고, 소독이 끝난 숟가락과 젓가락 뭉치를 큰 쟁반에 펼쳤다. 적당히 나누어서 여섯 개의 탁자 수저통에 넣어 두는 일 정도는 미아도 충분히 할 수 있었다.

"피곤할 텐데 들어가서 쉬어."

할머니가 손을 내저으며 미아가 쥐고 있는 숟가락 뭉치를 빼앗았다.

"그 정도 일은 거들어도 돼요."

엄마가 조리실에서 목청을 높였다. 그래도 할머니는 안 된다고 했다. 할머니에게는 미아도 빚이었다.

서로 다른 길

집에서 빈둥거리다가 미아는 느지막이 집을 나섰다. 텅 빈 골목에는 일요일 오후의 느슨함이 번져 있었다.

'벌써 일요일 저녁이라니!'

기껏해야 현장 실습생이면서 미아는 일요일이 다 저물어 가는 게 왠지 아쉬웠다. 직장인들은 어떻게 이 시간을 견디나 싶었다. 몇 달 뒤부터는 미아가 겪어야 할 일상이기도 했다. 학생일 때가 가장 좋다는 말이 헛말은 아닌 것도 같았다. 터덜터덜 걸음을 옮기며 다시 생각을 고르고 보니, 학교에 다니던 때에도 일요일 저녁 무렵이면 아쉬웠다. 그러니까 꼭 직장인이 아니어도 일요일이 저무는 건 아쉬운 거고 월요일이 다가오는 건 두려운 거다. 갑자기 월요일이 불쌍하다는 생각이 들었다. 단지 월요일이라는 이유만으로 월요일은 사람들에게 타박을 받았다.

실없는 생각을 하며 '아림'에 닿았다. 어리미디어고등학교 앞, 그러니까 미아네 집이 있는 골목에서 큰길 쪽으로 걸어 나오면 보이는 카페 아림은 학생들이 자주 찾았다. 3층짜리 땅콩 건물 전 층을 활용하는 아림 1층에는 계산대와 주방이 큼직하게 자리했고, 2층과 3층에는 기다란 원목 탁자가 가운데에 놓여 있고 창가에 빙 둘러 자리를 마련해 두어서 스터디 카페 분위기를 풍겼다. 무엇보다 아림에서 만드는 과일 스무디는 치트키였다. 제철 과일에 요구르트와 우유 얼음을 부드럽게 갈아 만든 스무디는 아림을 찾는 고객의 0순위 메뉴였다.

- 도착!

아림에 들어서면서 미아는 단톡방에 메시지를 날렸다. 곧장 "3층."이라는 답이 올라왔다. 1층에서 토마토 사과 스무디를 주문하고 나오기를 기다리며 창밖을 보았다. 미아는 어둠이 내려앉기 시작하는 이 시간대를 사랑했다. 아무리 바빠도 이 시간대만큼은 머릿속을 텅 비운 채 하늘을 올려다보았다. 그러면 마음이 평안해졌다.

딩동. 알람이 울렸다. 미아는 토마토 사과 스무디를 들고, 나무 계단을 밟아 3층에 올랐다. 창가 구석 자리에 익숙한 뒤태가 보였다. 초록색 트레이닝복을 뒤집어쓴 채 허리를 잔뜩 숙이고 있는 아이. 공단이었다.

"뭐 하냐?"

단이 옆에 자리를 잡으며 탁자 위를 살폈다. 수능 완성 수학 교재가 펼쳐져 있는데, 그 옆에 놓인 연습장에 눈길이 갔다. 연습장에는 고양이 캐릭터가 가득이었다.

"쯧쯧쯧, 또 딴짓하고 있었네!"

미아는 단이 연습장을 집어 들었다. 첫 번째 장에만 고양이 캐릭터가 열여섯 마리였다. 못해도 한 시간은 걸렸을 거였다.

"진짜 수학 포기해 버릴까."

단이가 이맛살을 구겼다. 그러고는 쓰디쓴 아메리카노를 양껏 빨았다. 단이는 스무디 맛집 아림에서도 씁쓰름한 커피를 고집하는 희한한 생명체였다.

"아직 포기 안 했단 말이야?"

미아가 해죽거리며 단이를 보았다.

"수학 포기하면 대학 못 간대."

단이가 울상을 지었다. 미아는 토마토 사과 스무디를 쪼록 빨았다. 차가운 얼음이 씹히면서 머리끝이 띵했다.

"수능 최저 맞춰야 하는 학교가 많아?"

미아 물음에 단이는 고개를 주억거렸다. 그러고는 길게 한숨을 뱉었다.

"아무래도 수시 지원 잘못한 것 같아."

단이 얼굴에 그늘이 드리워졌다. 미아는 스무디를 빨며 창밖으로 고개를 돌렸다. 먼 하늘에 주황색 태양이 검은 구름 사이에서 휘황하게 빛났다.

"비 올 것 같은 대기 중에도 지는 해는 저렇게 빛날 수 있구나."

"뭐라고?"

단이가 물었다. 머릿속에 스며든 생각이 입 밖으로 새어 나간 모양이었다. 미아는 홰홰 머리를 저었다. 중요한 말도 아니었고, 수시 지원 때문에 심난해하는 단이에게 필요한 말도 아니었다. 친구 말을 귓등으로 넘기며 딴생각을 한 거였다. 미아 뇌 구조에 대학 진학은 없었다. 그러니 수시 지원이니 수능 따위의 말에 관심이 생길 리 없었다.

어리미디어고등학교 영상미디어과에는 신입생 선서할 때부터 지금까지 모두 열여덟 명의 예비 영상 미디어 전문가가 복작거리고 있었다. 그들은 3년 내내 영상 촬영과 제작 관련 수업을 듣고, 시나리오를 쓰고, 콘티를 짰다. 각종 편집 기술을 연마하며 영상을 만들고, 상영회를 하고 혹독한 평가를 받았다. 그렇게 같은 줄기로 뻗어 갈 줄 알았는데 3학년에 이르러 취업과 진학이라는 갈림길이 놓였다. 갈림길 앞에서 단이를 비롯한 열두 명은 대학을 선택했고, 그들은 현장 실습에 나서지 않았다. 대신 수능을 준비하고 입시 설명회를 참관하며 미디어 고등학교 졸업생에게 유리한 입시 전형을 찾아냈다. 그리고 지난달, 수시 전형을 위한 원서 접수까지 마친 상태였다.

"넌 내신은 잘 챙겼잖아."

미아가 단이에게 필요한 말을 찾아냈다. 단이는 이내 도리질을 했다.

"특성화고 내신은 일반고랑 똑같은 수준으로 봐주지 않는대."

단이 입이 삐죽 튀어나왔다.

"일반고 내신을 더 높게 쳐 준대?"

미아가 물었고, 단이는 고개를 끄덕였다. 그러고는 길게 한숨을 뱉었다.

"배우는 과목도, 수업 시수도 다르니까 어쩔 수 없는 거긴 한데……."

단이의 볼펜이 또 연습장에 닿았다. 단이는 그래픽 디자이너가 꿈이었다. 그중에서도 동물 캐릭터 디자인의 레전드가 되고 싶다고 했다. 그러면서 굳이 대학 진학을 선택했다. 동물 캐릭터 디자인 레전드 자리에 대학이 꼭 필요한가? 또 엉뚱한 물음이 미아의 머릿속에 흘러들었다.

"넌 진짜로 대학 생각 없어?"

단이가 어깨를 쭉 펴며 물었다. 다른 이야기를 하고 싶은 듯했다. 미아는 멀뚱멀뚱 단이를 바라보았다.

'전에도 얘기한 적 있지 않니?'

곧장 내뱉고 싶은 말을 미아는 꿀꺽 삼켰다.

중학교 졸업을 앞두고 특성화고를 선택할 때부터 미아의 목표는 하나였다. 고등학교 졸업하고 곧바로 취업하기. 그리고 돈 벌어 살림살이에 보태기. 할머니와 엄마 두 사람이 아침부터 밤까지 주말도 없이 매달리고 있는 어리밥상에서는 두 사람 인건비도 제대로 나오지 않았다. 할머니는 늘 좋은 재료를 고집했고, 어리밥상을 찾는 손님들은 그리 넉넉하지 않은 동네 어르신이 대부분이었다. 손님들 사정을 훤히 꿰고 있는 할머니는 하루가 멀다 하고 오르는 물가를 식당 메뉴에 반영하지 않았고, 10년 전 가격대로 밥값을 받고 있었다.

"돈은 먹고살 만큼만 있으면 된다. 그렇지 않아도 외롭고 힘들게 사는 사람들, 먹는 거라도 맘 편히 먹게 해야지."

미아가 보기에는 답답하기 그지없는 노릇이었지만 할머니 가게였고, 할머니 운영 원칙이었다. 할머니에게 밥값을 조금만 올리자고 조르느니 자신이 하루라도 빨리 일을 시작해서 돈을 버는 게 나을 것 같았다.

"제대로 취업하려면 대학은 나와야 한다잖아."

단이가 덧붙인 말이 미아의 신경을 긁었다. 전에도 이런 흐름의 이야기를 하다가 한바탕 싸운 적이 있었기 때문이다.

"고등학교 졸업하고 곧장 취업하겠다고 특성화고에 온 것 아니야?"

"참 순진하네. 당장 우리 과만 해도 취업보다 대학 선택한 애들이 훨씬 많잖아. 그게 무슨 의미겠어? 다들 특성화고 전형을 노리고 온 거라고. 여기에서 전공하고 대학에 가면 따라잡기도 쉽다니까!"

미아의 질문은 날카로웠고 단이의 답은 당당했다. 그만큼 둘의 입장은 뚜렷이 달랐고, 그 사이에서 중재하는 사람은 수지였다.

'둘 다 맞아. 틀린 말 하나도 없어. 상황이 서로 다른 것뿐이야.'

지금, 갑자기 어색해진 분위기를 바꾸려면 수지가 있어야 했다. 미아는 단이 말에 대꾸하는 대신 휴대폰을 잡았다. 그리고 단이와 수지까지 셋이 모여 있는 단톡방을 열었다.

"서수지, 얘는 도대체 언제 온다는 거야?"

미아가 단이와의 대화 사이에 수지를 끌어들였다. 영상미디어과에서 3년 내내 반장을 도맡았던 수지는 모두의 예상과는 달리 취업을 선택했다. 그리고 미아처럼 지난주부터 현장 실습을 나가고 있었다.

"그러게. 오늘도 출근했나?"

단이도 머쓱한 듯 휴대폰을 들여다보았다. 이제 싸움은 그만. 휴전이다.

- 서수, 안 오냐?

미아가 메시지를 보냈다. 수지는 답이 없었다.

"일이 많나?"

단이가 중얼거렸다.

"아무래도 회사 규모가 크니까."

미아가 단이 말을 받았다.

3년 내내 내신은 물론 각종 스펙을 차곡차곡 쌓아 놓은 수지에게는 현장 실습 선택지도 많았다. 물론 선택지 안에 송출 시스템까지 갖춘 방송사는 없었다. 그런 곳은 애초에 특성화고 실습지로 바랄 수 있는 현장이 아니었다. 수지는 여러 실습지 가운데 판타스틱프로덕션을 골랐다. 대기업 계열사로 알려진 판타스틱프로덕션에서는 공중파에서 방송되는 드라마와 예능 프로그램을 만들었고, 유튜브에 동영상 채널을 운영하며 단독 콘텐츠를 업로드하기도 했다. 그만큼 배울 게 많은 현장일 거였다. 그래도 우리 약속이 그렇게 가볍냐? 미아는 수지에게 따지고 싶었다. 단이와 셋이 함께 만나기로 한 약속은 나흘 전에 했고, 어제 약속을 확인할 때에도 못 온다는 말이 없었다.

"너는 어때? 할 만해?"

단이가 말을 돌렸다.

"뭐, 그럭저럭."

"뭐냐. 애매한데?"

단이가 눈꼬리를 올렸다.

"할 만한지, 아닌지 아직은 잘 모르겠어."

현장 실습 시작한 지 이제 겨우 나흘이 지났다. 수지가 있었으면 아직 잘 모르겠는 게 맞다고 말해 줄 거였다.

"모르겠다. 오늘 공부는 여기까지!"

단이가 펼쳐 놓았던 수학 문제집을 홱 덮었다.

"공부, 하긴 한 거야?"

미아가 피식 웃음을 흘리며 물었다.

"몰라! 수시 지원 마치고 나니 공부가 더 안 돼!"

"전에는 지원할 학교 고르느라 집중 못 했잖아."

미아 말에 단이는 또 푸우 한숨을 뱉었다.

"요새 학교 분위기도 엉망이야. 분명히 수능 준비해야 하는 시기인데 합격증이라도 받은 것처럼 다들 들떠 있고, 선생님들도 구제 불능이라는 듯이 통제도 않고!"

"아, 그런 일이……."

미아는 스르르 말을 흐렸다. 현장 실습 하면서 미아는 때때로 교실을 떠올리곤 했었다. 지금 애들은 뭘 하고 있을까. 수시 지원이 끝났으니 다들 '열공' 중이겠지. 분명히 같은 교실에서 같은 수업을 듣던 처지였는데 왜 이렇게 다른 길을 가고 있는 거지. 현장 실습에 나선 자신만 훌쩍 사회에 던져진 듯한 느낌이 들어서 덜컥 겁이 나기도 했었다. 그런데 학교에 남은 아이들은 그들대로 또 다른 내동댕이쳐짐과 싸우고 있구나 싶었다. 애매한 동질감, 혹은 이질감이 미아의 주변을 감쌌다.

“수지, 진짜 연락 없는데?”

현장 실습 시작하던 첫날, 셋이 나누었던 약속이 깨져 버렸다.

‘무슨 일이 있나?’

이렇게 무책임한 아이가 아닌데. 씁쓸한 기분을 안고 미아는 단이와 함께 아림을 나섰다. 후두둑. 빗방울이 떨어졌다. 그래도 이왕 만났으니 매운 떡볶이라도 먹고 싶었다. 미아와는 달리 단이 가방은 묵직했다. 서로 다른 길에 접어들고 있음이 새삼 실감 났다.

허드렛일

얇은 긴 소매 셔츠에 카디건을 두르고 미아는 느긋하게 집을 나섰다. 지난 토요일에 근무해서 오늘은 오후 1시까지 출근이었다. 어깨에 둘러멘 가방에는 패드 하나랑 보조 배터리, 그리고 화장품이 담긴 파우치 하나를 넣었다. 책을 한 권 챙길까 생각했지만 그만뒀다. 시간 남으면 휴대폰에 저장해 놓은 전자책을 읽으면 될 거였다. 그도 아니면 웹툰도 있고, 웹소설도 있고…… 놀거리는 얼마든지 있다. 그만큼 시간이 나지 않을 뿐.

골목을 빠져나와 큰길에 닿았다. 눈이 저절로 길 건너를 향했다. 길 건너 3층짜리 상가 건물 뒤로 어리미디어고등학교가 보였다.

오전 11시 50분. 4교시 수업이 한창일 때였다. 월요일이니까 영어 독해와 작문 시간이겠다. 또 선생님 혼자 애를 끓고 있겠군. 생각하다가 미아는 피식 웃었다. 어제 단이를 만난 게 독이 된 것 같았다. 현장 실습 시작하고 날마다 오가며 스치던 학교였는데, 미아는 생각만큼 학교를 자주 떠올리지 않았었다.

미아는 푸름에서 보내는 현장 실습이 제법 마음에 들었다. 학교에 갈 때보다 아침 시간에 여유가 생겨 늦잠도 잤다. 이런저런 교재와 시시콜콜한 용품들을 넣느라 큼지막해진 가방 대신, 딱 필요한 것만 챙겨 담은 자그마한 가방을 어깨에 두르고 지하철에 몸을 싣는 것도 근사한 것만 같았다. 그런데 단이를 만나 고작 몇 시간 학교 이야기를 나누었다고 갑작스레 학교에서의 일상이 그리워지다니.

"진짜 웃겨!"

미아는 머리를 저었다.

'난 현장 실습생이야. 석 달 뒤면 고등학교 졸업이라고! 고삐 풀린 망아지처럼 뛰어다니고, 수업 시작되면 턱 괴고 구부정하게 앉아 무거운 눈꺼풀을 억지로 떠야 하는, 급식실 나서기 무섭게 매점을 향해 달음박질치는 철부지 학생이 아니야!'

미아는 성큼성큼 걸음을 옮겼다. 어리역까지 걸어서 10분 남짓. 이제 지하철 타고 여덟 정류장을 지나면 푸름프로덕션이 있는 한서역에 닿을 거였다.

어중간한 시간이어서인지 지하철은 여유로웠다. 미아는 은빛 의자에 엉덩이를 붙이고 무선 이어폰을 귀에 꽂았다. 묵직한 베이스가 둥둥 울리며 드럼이 탁탁 리듬을 맞췄다. 이어지는 보컬 목소리에 마음이 편안해졌다. 미아는 두 눈을 감고 벽에 머리를 기댔다.

“나, 너무 힘들어……”

약속 시간을 훌쩍 넘긴 밤 열 시 무렵, 미아는 수지의 전화를 받았다. 그리고 수지의 첫마디는 뜻밖이었다.

“왜에? 뭐가?”

침대에 기대앉아 웹툰을 들여다보던 미아는 허리를 곧추세웠다. 수지 목소리가 심상치 않았다.

“모르겠어. 이게 맞는 건지……”

“뭔데? 말해 봐. 내가 맞나 틀리나 판단해 줄게.”

미아는 씩씩하게 말을 골랐다. 하지만 수지는 길게 한숨만 내쉴 뿐이었다.

“서수, 너답지 않게 왜 그래?”

“나다운 게 뭔데?”

힘을 주고 싶어 던진 말이었는데 수지에게는 가시가 된 듯했다. 반응이 날카로웠다.

“아, 너야, 뭐, 늘 잘하잖아.”

미아의 답이 어눌하게 나왔다.

“잘하긴 뭘 잘해.”

수지 목소리에 기운이 하나도 없었다. 이럴 때는 어떻게 해야 할까 생각하다가 미아는 할머니를 떠올렸다. 식당에서 기운 없이 홀

로 앉아 있는 손님을 만나면 할머니는 말없이 손님 앞에 앉아 있곤
했다. 무언가 일이 뜻대로 풀리지 않아 마음이 공허해질 때는 그냥
곁에 누군가 함께 있다는 것만으로 힘이 될 수 있다고 했다. 미아
는 말없이 휴대폰만 쥐고 있었다.

"나, 이제 들어가."

수지가 짧게 말했다.

"어딜?"

미아가 물었고, 수지는 "집!"이라고 말했다.

"아니, 지금까지 일한 거야? 일요일인데?"

미아 목소리가 훌쩍 커졌다.

"모르겠어. 내가 일을 한 건지……."

수지 목소리에 힘이 쑥 빠졌다. 미아는 그게 무슨 소리냐고 제대
로 말해 보라고 다그쳤다. 왠지 그래야 수지가 입을 열 것 같았다.

"그냥 피디님 옆에 앉아 있다가 프린트해 가고, 복사해 가고, 오
디션 보러 온 사람들한테 길 안내하고, 대본 갖다주고, 커피 갖다
주고……."

"엄청 많은 일을 했네!"

미아 목소리는 다시 싹싹해졌다. 하지만 수지는 그렇지 못했다.

"그런 허드렛일이 우리가 하고 싶었던 거야?"

수지가 삐뚜름한 목소리로 물었다. 그러고는 진짜로 들어가겠
다고 했다. 목소리에 피로감이 가득했다. 더는 붙잡고 말을 붙일 수

없었다.

‘오늘은 쉬고 있을까?’

휴대폰을 내려다보며 미아는 수지를 생각했다. 미아가 일하는 푸름프로덕션에서 버스로 두 정거장 가면 판타스틱프로덕션이었다. 이따 시간 나면 잠깐 판타스틱프로덕션에 가 볼까 싶었다. 주말에 일해서 오늘 출근하지 않았다 하면 수지네 집 쪽으로 가는 것도 괜찮을 것 같았다.

마침 지하철이 한강을 건너기 시작했다. 미아는 자리에서 일어나 출입문에 바짝 붙었다. 발아래로 한강이 흘렀다. 일정한 속도로 꾸역꾸역 흐르는 한강 위로 가을 햇살이 하얗게 부서졌다.

‘나는 강일까, 햇살일까.’

뜬금없는 생각이 미아 머릿속에 흘러들었다. 마음 같아서는 스스로를 강이라 일컫고 싶었다. 하지만 어림없었다. 자신은 너무나 나약했다. 작은 이야기에도 강물 위에 쏟아져 내린 햇살처럼 파르르 몸과 마음이 흔들렸다. 단이에게 몇 마디 주워들은 이야기로 학교 생각이 내내 맴돌고 있는 것만 봐도 그랬다.

대학은 눈곱만큼도 생각이 없노라고, 처음 미디어 고등학교를 선택할 때부터 졸업 후 취업의 길을 걸을 거라고 큰소리친 게 무색했다. 미아 자신도 알 수 없는 마음이었다. 후우. 한숨이 절로 났다.

머리를 털어 잡생각을 떨쳐 내고, 미아는 지하철에서 내렸다. 지하철역에서 푸름까지는 잰걸음으로 5분이면 닿았다. 미아는 오늘의 할 일을 떠올렸다. 오늘은 한 피디가 만드는 케이블 채널의 건강 프로그램 기획 회의가 있었다. 담당 작가도 처음 만나는 날이었다.

"이 바닥에서만 이십 년 활동한 대작가야. 그만큼 까칠한 분이지."

한 피디 말이 떠올랐다. 갑자기 긴장이 되었다. 미아는 서둘러 프로덕션이 있는 오피스텔에 들어섰다. 사무실에는 아무도 없었다. 미아는 편집실 문을 빼꼼히 열었다. 편집기 앞에 앉아 있는 한 피디가 보였다.

"저, 왔습니다."

미아가 인사를 건넸다. 한 피디는 토요일에 촬영한 영상을 편집하느라 정신이 없어 보였다. 미아는 한 피디 옆에 자리를 잡았다. 그제야 한 피디가 미아를 알아챘다.

"와, 많이 하셨네요?"

편집본이 12분을 찍고 있었다. 토요일 축제는 10분 영상으로 제작하면 된다고 했다.

"모르겠다. 영 마음에 안 드네."

한 피디가 까칠하게 수염이 돋은 턱을 문질렀다. 그러고는 시간을 확인하더니 벌써 한 시가 넘었냐며 화들짝 놀랐다.

"아, 배고프다."

한 피디가 배를 문지르며 자리에서 일어났다.

“실습생은 점심 먹고 왔나?”

한 피디가 물었고, 미아는 고개를 끄덕였다.

“그럼 나, 점심, 아니지, 오늘 첫 끼다. 아무튼 뭐 좀 먹고 올게. 회의 전에는 올 거야.”

한 피디는 얇은 겉옷을 챙겨 들고 편집실을 빠져나갔다. 담당 피디가 없으니 딱히 할 일이 없었다. 미아는 한 피디가 편집하던 영상을 되돌려 보았다. 간단하게 스케치만 하면 된다고 했는데, 한 피디가 만들어 놓은 영상에는 이야기가 담겨 있었다. 축제 현장을 찾은 사람들의 눈빛과 웃음, 그리고 그들의 대화만으로도 축제에 대한 기대와 설렘이 꿈틀꿈틀 살아 움직이는 듯했다.

“와!”

편집의 힘이 대단하다는 생각이 들었다. 경험과 연륜이 쌓이면 별스럽지 않게 찍힌 영상으로도 이야기를 만들어 낼 수 있는 거였다. 갑자기 심장이 두근두근 뛰기 시작했다. 미아도 한 피디처럼 이야기가 있는 영상을 만들어 내고 싶었다.

“또 아무도 없네!”

사무실에서 쨍한 목소리가 울렸다. 미아는 부리나케 사무실로 나갔다. 은테 안경 쓴 여자가 눈썹을 잔뜩 찌푸린 채 회의 탁자 앞에 앉았다. 안경 여자와 함께 온 듯한 단발머리 여자는 책상 하나를 차지하고 앉아 노트북을 펼쳤다.

“누구세요?”

미아가 물었다. 안경 여자는 마뜩잖은 얼굴로 미아를 바라만 보았다.

"넌 누구니?"

단발머리 여자가 미아에게 다가왔다.

"저는……."

뭐라고 해야 하나 싶었다. 실습생이라고 하면 어쩐지 얕잡아 볼 것 같았다. 특히 안경 여자의 기세가 그랬다.

"한 피디는 어디 갔니?"

안경 여자가 물었다. 편집실에서 들었던 쨍한 목소리의 주인이었다.

"식사하러 가셨는데요."

"꼭 회의하기 전에 밥 먹으러 가더라."

안경 여자가 짜증을 냈다.

"'백세 건강' 작가님이세요?"

미아가 활짝 웃으며 알은체를 하자 안경 여자도 얼굴을 누그러뜨렸다.

"실습생?"

단발머리 여자도 실습생의 존재를 알고 있는 듯했다.

"잘됐네. 수연아, 파일 넘겨."

안경 여자가 단발머리 여자에게 말했다. 단발머리 여자는 공손하게 대꾸하더니 노트북에서 USB를 뽑아 미아에게 내밀었다.

“회의 자료 파일이야. 네 부 뽑아 줘.”

말을 마치고, 단발머리 여자는 곧장 노트북 앞에 앉았다. 안경 여자도 큼지막한 가방에서 패드를 꺼냈다. 미아에게는 눈길 한번 주지 않았다. 미아는 떨떠름한 얼굴로 출입문 앞에 있는 책상에 앉아 컴퓨터를 켜고 USB를 꽂았다. 그리고 회의 자료 파일을 열어 인쇄를 걸었다.

“대표님은 어디 가셨니?”

안경 여자가 물었다.

“모르겠는데요.”

아마도 골프 프로그램 만드는 피디랑 케이블 방송국에 시사하러 갔을 거였다. 지난 토요일, 한 피디에게 얼핏 들은 이야기였다. 하지만 미아는 친절하고 싶지 않았다. 어리다고, 실습생이라고, 안경 여자는 미아를 무시하는 듯 보였다.

“한 피디, 언제쯤 갔니?”

안경 여자가 손목시계를 들여다보며 짜증 냈다.

“회의 전에는 오신댔는데요?”

회의는 오후 2시 시작이었고, 지금은 1시 55분이었다. 그런데도 마치 큰돈이라도 꾸어 준 빚쟁이처럼 빡빡하게 구는 게 영 마음에 들지 않았다.

“작가님 오셨어요?”

한 피디가 황급히 사무실에 들어섰다.

"의사 미팅 있다니까!"

안경 여자가 안경을 추켜올리며 한 피디를 흘겼다.

"어차피 대표님도 없으니까 금방 끝낼게요."

한 피디가 회의 탁자로 다가갔다. 미아는 인쇄물을 스테이플러로 찍어서 회의 탁자로 가져갔다. 단발머리 여자도 노트북을 들고 회의 탁자로 다가왔다.

"이번 주랑 다음 주 촬영 연속이고요. 두 편 제작해서 시사는 다음 주 토요일에 몰아서 한대요."

단발머리 여자가 일정을 정리했다. 한 피디는 고개를 주억거리고는 안경 여자를 바라보았다.

"아무리 바빠도 차 한잔은 해야죠. 뭐 드실래요?"

한 피디가 음료수 주문을 받았다. 그러고는 미아에게도 뭘 마실 거냐고 물었다.

"어디에서 주문해요?"

미아가 물었다. 주문하는 곳의 메뉴를 확인하고 싶어서였다.

"1층 카페에서 사 오면 돼."

안경 여자가 미아를 쳐다보았다.

"아, 내가 얼른……."

"한 피디, 자료 다 봤어?"

한 피디의 말을 안경 여자가 톡 끊었다. 그러고는 한 피디가 쥐고 있던 카드를 빼앗아 미아에게 내밀었다.

“이런 것도 다 교육이야. 얼른 갔다 와. 우리 삼십 분 있다가 병원에 가야 해.”

건강 프로그램 터줏대감 같은 작가라더니 안경 여자는 거침이 없었다. 미아 얼굴이 확 붉어졌다. 마음에도 열이 올랐다. 뭐라고 대거리를 하려는데, 한 피디가 미아를 잡았다.

“미아 씨가 좀 갔다 올래?”

한 피디 얼굴에 당혹감이 스몄다. 건강 프로그램 담당은 한 피디인데, 전혀 담당 같아 보이지 않았다. 미아는 아랫입술을 질끈 깨물며 카드를 받았다. 일단은 안경 여자가 시키는 일을 해야 할 것 같았다. 시간이 없다 했고, 무엇보다 한 피디가 바라는 눈치였다.

‘서수, 네가 말한 게 이런 거였냐?’

사무실을 나와 엘리베이터에 오르며 미아는 수지의 말을 떠올렸다. 묵직한 돌이 가슴을 짓누르는 느낌이었다.

삼촌의 일

회의라고 할 수 없는, 거의 통보에 가까운 짧은 시간이 끝났다. 한 피디는 안경 여자가 건넨 기획안과 각종 자료를 살펴보겠다며 받아 들었고, 안경 여자는 다음 아이템 때문에 의사 미팅을 해야 한다며 서둘러 자리를 떴다. 단발머리 여자도 허둥지둥 탁자 위를 정돈하고 안경 여자 뒤를 쫓았다.

"싱겁지?"

한 피디가 머쓱한 얼굴로 미아를 보았다.

"무슨 회의가 이래요?"

미아는 뾰로통한 얼굴을 감출 수 없었다.

"뭐, 아이템은 본사 국장님이랑 작가님이 다 정해 놓아서."

"피디님은요?"

미아가 물었다. 적어도 담당 피디라면 다음에는 어떤 아이템으로 제작할 건지, 지금 그 아이템이 왜 필요한지 정도는 함께 상의하고 결정해야 하는 것 아닌가 싶었다. 하지만 한 피디는 자기 일이 아니라는 듯 고개를 저었다. 한 피디가 건강 프로그램에 크게 신경 쓰지 않는 이유를 알 것 같았다.

"정보 프로그램이라 정해 놓은 대로 따라가는 게 편해."

한 피디는 회의 자료를 자기 책상 위에 던져 놓고 편집실로 들어갔다. 미아에게 해야 할 일거리도 주지 않았다. 마침 골프 프로그램 시사를 마치고, 대표와 조 피디가 사무실에 들어섰다. 골프 프로그램을 만들고 있는 조 피디는 한 피디랑 상황이 좀 다를까 궁금했다.

"'백세 건강' 팀은?"

대표가 미아에게 물었다.

"가셨는데요."

"벌써?"

대표가 눈을 휘둥그레 떴다. 그러고는 한 피디를 찾아 편집실로 들어갔다. 조 피디는 괴성을 지르고는 사무실을 빠져나갔다. 뭔가 좋지 않은 일이 있는 모양이었다.

"아니, 왜 자꾸 땜빵을 뛰라는 거예요?"

한 피디가 대표와 함께 편집실을 나왔다.

"그럼 어쩌냐. 조 피디는 재편집해야 하는데!"

대표가 한 피디에게 사정했다.

"저것도 아직 덜 끝났는데."

"거의 다 했네. 마무리는 내가 할게."

한 피디가 불뚝불뚝 성을 내며 휴대폰을 열었다. 보아하니 또 뭔가 대리 제작해야 하는 모양이었다.

"그래도 일거리 들어오는 게 어디야. 즐겁게 하자. 응?"

대표가 한 피디 어깨를 두드렸다.

"이거 촬영 갔다 오면 '백세 건강' 준비해야 해요. 두 편 연속으로 제작하래요."

말을 던지고 한 피디는 곧장 카메라 팀을 섭외하기 시작했다. 이번에는 한 피디가 직접 촬영하지 않아도 되는 모양이었다. 촬영 팀이냐는 소리는 안 듣겠구나 생각하며 미아는 한 피디를 보았다.

"아, 조금 이따 영양에 가야 하는데⋯⋯. 미아 씨는 빠져도 돼."

한 피디가 말을 던졌다.

"미아 씨는 골프 프로그램 프리뷰 노트 좀 다시 확인해 줄래?"

대표가 미아에게, 한 피디가 아닌 조 피디의 일거리를 맡겼다. 한 피디를 거들며 일을 배우기로 했는데 갑작스러운 변동 사항이 었다. 하지만 한 피디에게도 예상외의 일이 생긴 상황이라 어쩔 수 없었다. 후유. 미아 입에서 한숨이 터졌다. 체계 없음. 실습생에게는 최악의 환경이 아닐까 싶었다.

프리뷰 노트는 촬영해 온 데이터를 분, 초 단위로 기록해 놓은

것이었다. 미아는 조 피디에게서 프리뷰 노트와 촬영 데이터를 전
달받았다. 그리고 컴퓨터 앞에 앉아 데이터와 프리뷰 노트를 확인
하며 이야깃거리로 만들 만한 장면을 뽑아내야 했다. 하지만 골프
프로그램에서 찍은 영상은 그 장면이 그 장면 같았다. 계속해서 초
록색 잔디밭이 나왔고, 사람들은 번갈아 가며 골프공을 쳐 댔다.
딱히 재미난 사건도 없고, 흥미를 끌 만한 대사도 없었다. 한 시간
짜리 데이터 세 개를 돌려 보는데 눈만 뻑뻑해졌다.

"건질 만한 거 있어?"

다섯 시가 넘어갈 무렵 조 피디가 말을 붙였다. 미아는 절레절
레 고개를 저었다.

"아, 참, 큰일이네."

조 피디가 심난한 얼굴로 컴퓨터 모니터를 들여다보더니 작가
랑 이야기해야겠다며 프리뷰 노트를 가져가 버렸다. 미아는 다시
일거리를 잃었다.

"미아 씨, 오늘은 그만 들어가."

대표가 편집실에서 나오며 미아에게 말했다. 다섯 시 사십 분.
퇴근 시간이 훌쩍 지나 있기는 했다.

"가 보겠습니다!"

큰 소리로 인사를 날리고 사무실을 나섰다. 생각지도 못한 일
에 몸과 마음이 너덜해진 기분이었다. 방송 일이라는 게 뭘까. 학교
에서 촬영 기법 배우고, 편집 익히며 영상 만들 때와는 다른 기분

이 들었다. 현장에 나오며 마냥 들뜨고 설렜던 기운이 바닥으로 곤두박질친 느낌이랄까. 또다시 수지의 맥 빠진 목소리가 울리는 듯했다. 아무래도 수지를 만나야 할 것 같았다. 어디에 있는지 확인하기 위해 미아는 수지에게 전화를 걸었다. 하지만 수지는 전화를 받지 않았다.

'흠……'

집에 있다면 전화를 받지 않을 리 없었다.

'출근했나?'

미아는 일단 버스에 몸을 실었다. 판타스틱프로덕션은 미아 생각보다 훨씬 가까이에 있었다. 이렇게 가까운 줄 알았으면 중간에라도 잠깐씩 만나 볼걸 싶었다. 고등학교 3년 내내 붙어 다닌 사이가 맞나 하는 생각도 들었다.

판타스틱프로덕션은 푸름과는 다르게 제법 커다란 건물의 3층부터 8층까지 다섯 개 층을 쓰고 있었다. 미아는 건물 1층 내부에 붙어 있는 안내판에서 수지가 일하는 드라마제작국을 찾았다. 드라마제작국은 6층에 있었다.

미아는 엘리베이터를 타고 6층에서 내렸다. 그런데 판타스틱프로덕션으로 들어가는 출입문에 키패드가 설치되어 있었다. 카드가 있어야 출입이 가능했다. 게다가 유리로 된 출입문 안쪽에는 '판타스틱프로덕션 드라마제작국'이라는 큼지막한 안내판이 가로막고 있었다. 그곳에서 어떤 사람들이 어떤 형태로 일하고 있는지 엿볼 수도 없었다.

"완전 치사하네!"

같은 방송 일을 하고 있는데, 푸름프로덕션과는 달라도 너무 달랐다. 푸름프로덕션은 지나가던 잡상인도 쉽게 드나들 수 있는 구조였다.

출입문 앞에서 미아는 다시 휴대폰을 잡았다. 어찌 되었든 수지랑 꼭 통화를 해야 했다. 전화 연결음이 두 차례쯤 이어질 때 누군가 문을 열고 밖으로 나왔다. 미아는 부리나케 전화를 끊었다. 판타스틱 관계자라면 수지를 알고 있을 거였다.

"저기……."

미아가 말을 붙이자, 화장실로 향하던 사람이 미아를 아래위로 훑으며 눈을 삐뚜름하게 떴다. 경계하는 빛이 완연했다.

"제 친구가 여기에서 일을 하고 있는데요……."

말을 하는데 얼굴이 홧홧 달아올랐다. 알 수 없는 부끄러움이 일시에 몰려들었다.

"친구 누구?"

낯선 사람은 경계의 빛을 풀지 않았다. 마침 미아 휴대폰이 울렸다.

"아, 아니에요!"

미아는 부리나케 등을 돌리고 휴대폰을 보았다. 수지였다.

"서수!"

미아는 목소리를 바짝 낮췄다. 그러는 새 판타스틱에서 나온 사람은 화장실로 들어가 버렸다.

"전화했었네?"

수지가 물었다. 어쩐지 바쁜 듯했다. 목소리에 여유가 없었다.

"응. 어디야?"

"강남!"

"아, 강남이야?"

미아는 흘깃 판타스틱프로덕션을 쳐다보았다. 어차피 수지는 저 안에 없었다.

"응. 무슨 일이야?"

수지가 물었다.

"아니, 잠깐 볼 수 있나 해서……."

"힝, 나도 그럴 수 있음 좋겠다."

수지 목소리에 아쉬움이 묻었다. 수지는 많이 바쁜 모양이었다. 미아 생각보다 훨씬 더. 미아는 다음에 보자 하고 전화를 끊었다. 더 이상 판타스틱 앞에서 머뭇거릴 이유가 없었다.

하필 퇴근 시간이랑 딱 겹쳐서 엘리베이터도, 지하철도 몹시 혼잡했다. 온몸에서 기운이 쭉쭉 빠지는 느낌이었다.

어리역을 빠져나오는데 하늘이 어둑했다. 오후 일곱 시. 어둠이 기지개를 켜는 시간이었다. 미아는 터덜터덜 걸음을 옮겨 어리밥상으로 향했다. 이 시간이면 저녁 손님이 꽤 있을 거였다. 복잡하겠지. 그냥 집으로 가 버릴까. 마음이 갈팡거리는데 전화벨이 울렸다.
휴대폰 액정 화면에 '삼촌'이 떴다.

"삼촌!"

미아 목소리가 훌쩍 튀어 올랐다. 이게 얼마 만인가 싶었다. 석
달, 넉 달? 아니, 거의 반년 만인 것 같았다.

"아이고, 귀청이야."

삼촌이 너스레를 떨었다. 그러고는 어디냐 물었다.

"집에 가는 길."

"집?"

"할머니 식당."

"아, 빨리 와."

"어, 삼촌 지금 식당에 있어?"

미아 목소리가 풀쩍풀쩍 춤을 췄다. 삼촌이 그렇다 했다. 미아
는 전화를 끊고 성큼성큼 발짝을 뗐다. 삼촌이 있는 줄 알았으면
서둘러 왔을 거였다.

"조미아."

삼촌이 나타났다. 그새를 참지 못하고 미아를 마중 나온 거였
다. 미아는 잽싸게 달려가 삼촌에게 풀썩 안겼다. 삼촌이 허허 웃으
며 미아 등을 토닥였다.

"어쩐 일이야. 안 바빠?"

"바쁘지."

삼촌이 별스럽지 않게 대꾸했다. 미아는 빤히 삼촌을 쳐다보았다. 어둠 속에서도 삼촌의 흰머리가 희끗희끗 드러났다.

"뭘 그렇게 쳐다봐?"

삼촌이 무안한 듯 두툼한 손으로 희끗한 머리카락을 쓸었다.

"배고프지?"

삼촌이 물었고, 미아는 힘차게 고개를 끄덕였다.

"지금 어리밥상 복잡하니까 다른 데 가서 먹자."

삼촌이 미아의 손을 잡았다. 미아는 삼촌과 함께 어리밥상을 지나 파스타집으로 들어갔다.

"아, 파스타는 삼촌이 최곤데!"

파스타가 나오길 기다리며 미아가 생글거렸다. 삼촌은 희미하게 웃으며 물을 마셨다. 괜한 소리를 했나 싶어 미아는 탁자에 올라온 피클을 잘근잘근 씹었다.

할머니의 빚, 삼촌은 1년 반 전에 일을 잃었다. 삼촌이 일하던 호텔에서 해고당한 거였다. 왜 해고당했는지 삼촌은 알지 못한다고 했다. 그래서 호텔에 복직시켜 달라고 계속 항의하고 있다고 했다. 짬짬이 아르바이트하면서 말이다.

"나 현장 실습 시작했어."

미아가 목청을 높였다.

"들었어. 우리 쪼꼬미 조미아, 대단하다!"

삼촌이 엄지를 세우며 허허 웃었다.

"그런데 진짜 어쩐 일로 온 거야? 삼촌 하던 일, 잘됐어?"

궁금증을 참지 못하고 미아가 또 질문을 던졌다. 삼촌은 이내 고개를 저었다.

"할머니가 궁금해한다고 해서 얼굴 비추러 온 거야."

"아!"

호텔 일 할 때, 삼촌은 적어도 한두 달에 한 번씩은 숙모와 마리를 데리고 할머니를 보러 왔었다. 그런데 해고당한 뒤로 삼촌은 도통 할머니 앞에 모습을 드러내지 않았다. 마음이 좋지 않으니 혹시나 할머니에게 해고 사실을 들킬까 염려된다고 했다.

시시콜콜한 이야기를 나누고 있는데 파스타 두 접시가 나왔다. 김이 모락모락 피어나는 분홍빛 로제 파스타가 미아 입안에서 사르르 녹았다. 미아는 삼촌 일도 사르르 잘 풀렸으면 싶었다.

수지의 눈물

정신없는 일주일이 지났다. 그동안 미아는 촬영 장소 섭외부터 보조 출연자 미팅, 대본 검수, 촬영과 편집이라는 건강 프로그램의 제작 과정을 한차례 쭉 훑었다. 처음이라고 조연출이 붙어서 함께 진행하기는 했지만, 미아로서는 정신이 쏙 빠질 만큼 어리벙벙한 일정이었다. 학교에서 친구들과 투닥거리며 영상을 만들고, 자체 시사를 거쳐 상영회 하는 것과는 차원이 달랐다. 그나마 목요일 촬영이 끝난 뒤로는 편집 일정만 잡혀 있어 한숨 돌릴 수 있었다.

일요일 저녁, 미아는 느긋하게 아림을 찾았다. 사장님은 반가운 얼굴로 미아를 맞았다.

미아는 스무디 한 잔을 들고 3층으로 향했다. 구석 자리에 단이가 있었다. 미아는 단이의 어깨를 톡 치고, 자리에 앉았다. 단이 앞에는 역시 수학 문제집이 펼쳐져 있었다.

"오호, 수험생 포스 나는데?"

스무디를 쪽 빨아 마시며 단이에게 말을 붙였다. 단이는 머리를 저으며 얼굴을 찡그렸다. 오늘도 문제 풀이가 수월하지 않은 듯 보였다.

"서수는 오늘도 못 오나?"

단이는 아이스 아메리카노를 마셨다. 하얀 거품이 보글보글 담긴 듯한 스무디보다 흑갈색 투명한 아메리카노가 더 점잖아 보였다. 미아는 다음엔 자신도 아메리카노를 마실까 생각했다.

"오겠지. 네가 너무 일찍 온 거야."

단이는 늘 약속 시간보다 일찍 나왔다. 일찍 와서 기다리는 게 마음이 편하다고 했다. 반면 수지는 약속 시간에 딱 맞춰 왔다. 그러니까 오늘도 여덟 시, 땡 하면 나타날 거였다.

- 너희 내일 뭐 해?

어젯밤 늦게 단톡방에 메시지가 올라왔다. 이틀에 한 번도 나타날까 말까 하는 수지였다. 단이와 미아는 셋이 함께 쓰는 단톡방에 간간이 점심과 저녁 메뉴 사진도 올리고, 하늘 사진도 올리고, 교실 풍경도 올리며 짧게 수다를 나눴다. 그러는 중에도 수지는 별다른 반응이 없었다.

- 나야 뭐, 늘 똑같지

　단이가 먼저 답을 했고, 미아는 잠깐 눈썹을 찌푸렸다. 수지가 말하는 내일이면 일요일이었고, 미아와 단이, 수지가 따로 말을 하지 않아도 무조건 만나기로 약속한 날이었다.

- 서수, 내일 우리 만나는 날인데? 까먹었음?
- 맞아. 저녁 6시 아림!

　단이도 미아 말에 반응했다. 수지는 곧장 사과했다. 그러고는 여섯 시는 곤란하다 했다.

- 저녁 8시면 괜찮을 것 같아

　수지가 시간을 늦추자고 했다. 안 될 이유가 없었다. 덕분에 미아는 저녁 먹고 소화시킬 겸 동네 산책까지 마치고 아림을 찾았다.
“애들아!”
　옆에서 정다운 목소리가 울렸다. 단이와 미아는 동시에 고개를 돌렸다. 수지가 두 팔을 쫙 벌리며 단이와 미아에게 다가왔다.
“서수!”
　단이가 자리에서 벌떡 일어나 수지를 안았다. 미아도 일어나서

얼떨떨한 얼굴로 수지를 보았다. 수지는 무언가 달라 보였다.

"너, 뭐야. 차림이 왜 그래?"

단이가 수지를 아래위로 살피며 자리에 앉혔다.

"왜? 이상해?"

수지가 낯을 살짝 붉히며 자신의 차림새를 살폈다.

수지는 프릴과 레이스를 좋아하고, 에이라인 스커트를 선호했다. 색상도 밝고 환한 것을 좋아해서 노란색이나 연두색, 핑크색 계열을 주로 입고 착용했다. 학교 밖에서 만날 때면 고데기로 힘준 머리를 어깨 너머로 풍성하게 늘어뜨리고, 양쪽 볼에는 분홍색 블러셔로 반짝이는 느낌을 주었다. 그런데 오늘은 하얀색 라운드 티셔츠에 회색 점퍼를 걸치고, 새까만 진바지를 입었다. 화장기 없는 얼굴에 머리는 큼직한 집게 핀으로 대충 말아 올리고, 가방도 없이 휴대폰만 달랑 손에 쥐고 있었다. 아림에 올 때면 약속처럼 각자 마실 음료 한 잔을 받아 2층이나 3층으로 올라오곤 했는데, 오늘 수지 손에는 음료도 없었다.

"아, 커피. 커피 사 올게."

수지가 다급하게 계단 쪽으로 사라졌다. 수지가 잠깐 머물렀던 자리를 쳐다보고 단이와 미아는 눈을 맞췄다. 수지의 말과 행동 모두가 수상쩍었다. 일주일 전, 짧게 통화하고 난 뒤부터 내내 신경이 쓰이기는 했었다. 그래도 이틀날 통화에서 수지는 나름 씩씩했다. 그래서 괜찮을 거라고 생각했는데 아니었나 싶었다. 단이와 미아는 잠자코 창밖을 보았다. 아림 앞에 우뚝 서 있는 은행나무에 노란 잎이 몇 장 남지 않았다. 계절은 속절없이 가을을 지나고 있었다.

"음, 고소하다!"

수지가 아이스 아메리카노를 한 모금 마시고 환한 얼굴로 단이와 미아를 보았다.

"너, 커피 안 좋아하잖아?"

미아가 수지에게 통을 놓고는 스무디를 빨았다. 수지도 미아처럼 아림의 스무디를 꽤나 좋아했다. 달달하고 시원한 맛이 혈당을 확 끌어 올려 스트레스를 날려 준다고 했었다. 그런데 씁쓸한 커피가 고소하다니.

"마셔 보니 좋더라고. 난 산미가 덜한 게 좋아. 여기에 시럽 한 스푼 넣으면 달달미가 확 올라간다!"

수지가 쓸데없는 말을 길게 늘어놓았다. 속엣말을 필사적으로 감추고 있는 듯 보였다. 미아는 수지에게서 눈을 돌렸다. 도대체 무슨 일을 겪고 있는 거야! 된통 따지고 싶었다.

"커피 좋지. 커피파, 짠!"

단이가 수지 말을 실없이 받았다. 단이도 수지의 별스러움을 느끼고 있을 거면서 괜스레 말을 돌리는 거였다. 굳이 그럴 필요가 있나 싶었다. 시간이 아까웠다.

"무슨 일인데 그래?"

미아가 단도직입적으로 물었다. 객쩍게 웃고 있던 수지가 미아를 보았다.

"넌 어때? 현장 실습, 할 만해?"

할 만한가? 미아는 고개를 갸우뚱 기울였다. 지난 일요일에 물어봤더라면 자신 있게 고개를 끄덕였을 거였다. 그런데 이번 주를 겪으며 미아 마음에 살짝 금이 생겼다. 미아 자신만 느낄 수 있을 정도의 실금이었다.

"잘 모르겠어."

"야, 다 그런 거야!"

미아 말에 단이가 단정 짓듯 말했다.

"뭐가 다 그래?"

수지가 단이에게 물었다. 목소리가 쨍했다.

"울 엄마가 그랬어. 세상살이 녹녹한 건 없다고. 돈 벌려면 내 몸이 열 배, 백 배는 피곤해야 한다고 했어."

"몸이 피곤한 건 참을 수 있어."

수지가 딱딱한 투로 말했다. 세상살이 다 아는 것처럼 말을 붙이던 단이가 맹한 얼굴로 수지를 보았다.

"마음이 무너지는 건? 그것도 참아야 해?"

수지 눈빛이 전에 없이 날카로웠다. 현장 실습 시작하고 열흘 남짓 흘렀을 뿐인데 도대체 무슨 일이 수지의 마음을 무너뜨리고 있는 걸까 궁금했다.

"그냥 얘기를 해."

미아가 나섰다. 원래 셋 사이에 중재를 하는 쪽은 수지였는데 역할이 바뀐 것 같았다.

"마음이 왜 무너져?"

수지는 씁쓰레한 커피를 호로록 마셨다.

"내가 생각했던 일이랑 너무 달라. 날마다 커피 나르고, 사람들이 시키는 잔일만 해. 내 의지나 내 생각으로 할 수 있는 일은 하나도 없어."

"실습생이잖아."

단이가 맵게 말했다. 미아는 고개를 주억거렸다. 현장 실습생은 근로자가 아니었다. 근로 계약서가 아닌 표준 협약서를 썼고, 급여가 아닌 수당을 받았다. 5인 이상 사업장에 적용되는 4대 보험? 그런 것에도 해당 사항이 없었다. 교육의 연장선으로 현장에 나간 실습생일 뿐이었다. 당연히 방송 제작 현장에 실습생의 의지나 생각이 반영되기는 어려울 거라고, 미아는 처음 실습을 신청할 때부터 생각하고 있었다. 수지도 마찬가지일 거라 믿었다.

"그래도 우리는 영상 제작을 삼 년 동안 전공한 사람들이잖아. 그런데 어떻게 아무것도 모르는 생초짜 대하듯 할 수 있어?"

수지 목소리에 가시가 붙었다. 꽤나 성질이 나는 모양이었다.

"생초짜 대하듯 하는 게 어떤 건데?"

단이가 물었다. 미아는 조금은 수지의 말을 알 것도 같았다.

"전화번호 정리하고, 피디들이 나눠 주는 자료 복사하고, 택배 받고 보내고, 찾아오는 사람들 안내하고, 그러다 실수하면 욕 바가지로 먹고……."

수지가 고개를 푹 숙이며 아랫입술을 질끈 깨물었다. 단이가 고개 숙여 수지의 얼굴을 살폈다. 그러고는 조심스럽게 입을 열었다.

"그런 것도 다 방송 제작에 필요한 일들 아니야?"

어쩌면 그럴 것이다. 방송 제작을 위해 누군가는 해야 하는 일들. 그런데 그걸 실습생에게만 시키는 게 문제일지도 몰랐다.

"욕먹는 것도?"

수지가 단이를 향해 고개를 돌렸다. 동시에 단이 몸이 옴찔거렸다. 수지 표정이 꽤나 살벌한 듯싶었다. 미아는 말없이 스무디를 삼켰다. 적어도 미아는 욕을 먹지는 않았다. 수지의 실습 환경이 엄청 독한 모양이었다.

"거기 꽤 큰 프로덕션인데, 왜 그러냐."

미아가 혼잣소리하듯 중얼거렸다.

"몰라. 출퇴근 시간도 없고, 뭐 하나 마음대로 할 수가 없어."

수지가 탁자에 이마를 얹었다. 단이와 미아는 난처한 얼굴로 수지를 바라보았다.

현장 실습 신청할 때, 학교에서는 교육청의 산학 협력관과 함께 몇 개 기업체를 골라 신청자들에게 안내했다. 그중에서 가장 인기 있었던 곳이 판타스틱이다. 아이들은 판타스틱을 포함해 몇 개 업체에 신청서를 냈고, 판타스틱에서는 내신과 자치 활동 등 다방면에서 뛰어난 수지에게 현장 실습 기회를 주었다. 아이들은 당연하다 입을 모았고, 모두의 기대를 한 몸에 받은 수지는 누구보다 열심히 잘하고 오겠노라 다짐했었다. 그런데 약속한 석 달에서 고작 열흘 정도 지난 시점에 수지는 힘들다 말하고 있었다. 평소의 수지와는 완전 딴판이었다.

"수지야, 아직 열흘밖에 안 됐으니까……."

미아는 시간이 조금 더 흘러 익숙해지면 달라질지도 모른다고 말하고 싶었다. 그런데 수지가 미아를 노려보았다.

"더 참고 기다리라고?"

말끝이 파르르 떨리더니 수지 눈에 텀벙 눈물이 고였다.

"서수!"

단이가 수지 어깨를 잡았다. 동시에 펑, 수지의 울음이 터졌다.

수지 실습 일지

수지의 울음은 쉽게 그치지 않았다. 단이는 진즉에 챙겨 놓은 가방끈만 만지작거렸다. 미아는 수지를 바라보며 스무디에 꽂아 놓은 빨대를 자근자근 씹었다. 무엇이 수지를 이렇게 서럽게 했을까 궁금증이 미아의 가슴을 가득 채웠다.

"넌 어때?"

수지의 울음을 뚫고, 단이가 미아에게 물었다. 뭐라고 대답하는 게 좋을지 미아는 판단이 되지 않았다. 좋지 않아. 그렇게 말하는 게 수지에게 위로가 될까. 그런데 사실상 미아는 크게 불만은 없었다. 진심이 아니니 들통날 거였다. 그런 뒤에 수습하느라 마음 쓰느니 가만히 있는 게 나을 것 같았다.

단이 목소리에 정신을 붙잡았는지 수지가 울음을 추슬렀다. 그러고는 휴대폰을 열어 미아에게 내밀었다. 휴대폰에는 메모장이 열려 있었다. 그리고 그 안에는 마구잡이로 흘겨 쓴 글자가 빼곡했다.

ㅅㅂ! 제대로 안 해?
대가리는 뒀다 뭐 하냐. 장식품이야?
죽상을 해 가지고 일이 제대로 되겠어?
머리가 안 되면 동작이라도 빠르든지

메모장에 적힌 글자를 읽는데 손이 달달 떨렸다.
"야, 서수!"
미아 목소리가 파르르 떨렸다. 단이가 눈을 크게 뜨고 미아를 보았다. 미아는 수지 휴대폰을 단이에게 넘겼다.
"이게 뭐야?"
휴대폰을 보자마자 단이도 목청을 높였다.
"판타스틱에서 들은 말들."
수지가 냅킨으로 코를 팽 풀고는 대꾸했다.
"이딴 소리를 너한테 퍼부었단 말이야?"
단이가 쩌렁쩌렁 소리를 질렀다. 미아는 얼른 수지 휴대폰을 넘겨받았다. 그리고 메모장을 쭉 스크롤했다. 아래쪽으로도 엇비슷한 욕설이 가득했다.
"아, 진짜. 너한테 왜 이러는데!"

미아 마음이 물에 젖은 스펀지처럼 물컹해졌다. 미아는 푸름프로덕션에서 이따위 말 같지도 않은 말을 들어 본 기억이 없다. 그런 미아가 이런 소리를 들은 아이한테 무조건 참으라고 한 거다. 말도 안 돼. 불뚝불뚝 마음에 성이 일었다.

"나가자!"

단이가 가방을 어깨에 메고 자리에서 일어났다. 여덟 시 사십 분. 아림은 아홉 시면 문을 닫는다.

"그래, 나가서 얘기하자."

미아도 일어날 채비를 했다. 아림에서 보낼 수 있는 시간은 기껏해야 이십 분. 그 안에 수지의 이야기를 다 들을 수는 없었다.

어디로 갈까 고민하다가 셋은 아림 근처에 있는 노래방으로 향했다. 양쪽에서 빽빽거리며 노래하면 시끄러울 테지만 일요일 밤, 학교 근처 주택가 노래방에는 손님이 거의 없었다. 노래방 주인은 반색하며 셋을 맞았다. 미아는 맨 끝 방으로 예약하고, 탄산과 이온 음료 세 개를 계산했다. 노래방 주인은 새우과자를 큰 접시에 넉넉하게 담아 줬다.

천장에 매달린 알록달록한 조명이 빙글거리며 돌아갔다. 큼지막한 모니터에서는 "선곡해 주세요"라는 글자와 함께 성우의 목소리가 예리하게 날아다녔다. 단이는 곧장 리모컨을 집어 오디오 뮤트를 눌렀다. 모니터에서 떠들어 대던 목소리가 사라졌다.

"누가 너한테 이런 소리를 지껄인 거야?"

단이가 물었다. 수지는 아랫입술을 질끈 깨물며 천장을 올려다보았다. 수지의 눈빛이 요란하게 흔들렸다. 생각만으로도 마음이 어지러운 듯 보였다.

“한둘이 아닌데……?”

수지가 맥없이 웃으며 말을 흐렸다.

“너한테 왜?”

이번에는 미아가 물었다. 수지는 고개를 푹 숙였다. 그러고는 잠시 뜸을 들였다. 할 말을 고르는 듯 보였다.

“그냥 속 시원히 다 말해.”

단이가 채근했다. 노래방도 미성년자는 열 시면 나가야 했다. 시간이 넉넉하지 않았다.

“내가 맘에 안 드는 거지.”

그럴 리 없었다. 수지는 학교에서 늘 최상위권을 유지하는 우등생이었다. 3년 내내 크고 작은 영상 관련 공모전에 빠짐없이 참여했고, 그때마다 반짝이는 아이디어를 쏟아 내며 수작으로 꼽히는 영상물을 척척 만들어 냈다.

수지가 대학이 아닌 취업의 길을 선택했을 때 아이들도 선생님들도 모두 놀랐다. 그동안 차곡차곡 쌓아 올린 내신과 포트폴리오는 대학 진학에도 꽤나 유리할 수준이었다. 하지만 수지는 취업을 하겠다고 했다.

수지 아빠는 신장 이상으로 5년째 병원을 들락거리고 있었다.

아빠 병원비에 생활비까지 대느라 수지 엄마는 밤낮없이 일했다. 미아 못지않게 아니, 어쩌면 미아보다 더 수지는 취업이 간절했다. 선생님들은 수지를 설득하는 대신 최상의 현장 실습 업체를 연결시켜 줬다. 그곳이 판타스틱이었다. 그런데 왜 그곳에서 막강 수지를 이렇게 침몰시키고 있는 거지? 이유가 뭐지? 미아의 머릿속에 무수한 물음표가 거미줄처럼 얽혔다.

"현장 실습 첫날, 새로 들어가는 드라마 장소 헌터들이 여러 장소를 담아 와서 브리핑한다고 했어."

한참을 망설이던 수지가 입을 열었다.

"가슴이 막 뛰더라. 실습 첫날, 새 드라마 장소라니. 말만 들어도 설레지 않아? 브리핑하는 장소가 드라마에 적당한지 알려면 어떤 드라마인지 알아야 할 것 같았어. 제작 3팀 조감독한테 대본을 볼 수 있나 물었지. 그랬더니 굉장히 어이없다는 표정으로 코웃음을 치더라. 맞아. 기껏해야 실습생 주제에 대본을 달라고 했으니 그럴 수도 있어. 그렇게 생각했어."

첫날, 열 시에 출근한 수지는 어떤 드라마인지도 모른 채 회의 준비에 들어갔다. 감독부터 드라마제작국장에 외주 배급 담당자까지 모두 모이는, 제법 큰 규모의 회의였다. 건물 8층에 있는 큰 회의장에 PPT 파일을 인쇄해서 올려다 놓고, 물과 음료를 세팅했다. 열한 시. 회의 시간이 가까워지자 관계자들이 하나둘 8층으로 올라왔다. 문 앞에서 관계자들이 자리에 앉는 걸 살피고 있는데, 장소 헌터가 와서 수지에게 식당을 예약하라고 했다. 아주 뻣뻣하고 당당한 명령이었다. 수지는 드라마제작국 소속이었고, 3팀의 제작 상황을 교육받기로 되어 있었다.

장소 헌터는 제작 3팀 소속이 아니었다. 수지는 장소 헌터의 말을 들을 필요가 없다고 생각했다. 장소 헌터에게 "제가 왜요?"라고 물었고, 장소 헌터는 놀란 듯 두 눈을 크게 뜨고는 실습생은 다 하는 일이라며 배우러 왔으면 고개부터 숙이라고 했다. 그리고 회의장으로 들어갔다. 큼직한 문이 수지를 복도에 남겨 놓은 채 덜컥 닫혀 버렸다.

출근 첫날이었다. 근처에 어떤 식당이 있는지도 모르고, 또 어떤 메뉴로 예약해야 하는지도 몰랐다.

당황스러워서 수지는 조감독에게 전화를 걸었다. 신호음이 세 번쯤 울렸는데, 전화가 뚝 끊겼다. 그러고는 곧장 문자 메시지가 들어왔다.

- 뭐야, 회의 중에!

힐난하는 목소리가 그대로 느껴졌다. 그래도 하는 수 없었다. 수지는 장소 헌터의 명령을 구구절절 적어 조감독에게 보냈다.

- 그 정도는 알아서 해야지. 성적 좋다며?

수지는 머릿속이 하얘지는 느낌을 받았다. 태어나 처음이었다.

"그때부터 쭉 이 모양이랄까……."
수지가 맥없이 말을 늘어뜨렸다. 그러고는 킁 콧물을 삼켰다.
"아니, 어떻게 처음 나간 실습생한테 그런 일을 시킬 수가 있어?"
단이가 한껏 흥분한 목소리로 물었다.
"어떻게 하라고 설명이라도 해 줬어야지."
미아도 뿔난 목소리로 수지 편에 섰다. 수지는 피식 웃고는 말을 이었다.
"일단 드라마제작국으로 내려왔어. 그리고 아무나 붙잡고 물었지. 식당 예약하라는데 어떻게 하면 되냐고. 다들 무심하게 넘기는데 어떤 언니가 식당 리스트를 건네주더라."

드라마제작국에서 일하는 기획 작가라고 했다. 기획 작가는 판타스틱에서 일하지만 판타스틱 소속은 아니라고 했다. 프리랜서라고 불리는 계약직이랄까.
"장소 헌터가 잡아 달라고 했으면 깔끔한 곳으로 잡는 게 좋아요. 어차피 그쪽에서 계산할 거라."

다행히 작가는 친절했다. 수지는 작가의 도움으로 첫 고비를 무사히 넘겼다. 하지만 고비는 계속해서 다가왔다. 마치 바닷가에 맨몸으로 서서 파도를 맞고 있는 것처럼. 계속해서 온 힘을 다해 중심을 잡아야 하는 서퍼처럼 수지는 힘들었다.

"내가 무슨 일을 하고 있는지 판단할 근거가 없었어. 그냥 그때그때 누군가 일을 시키면 해야 하는 거야. 이걸 왜 해야 하냐고 물으면 절대 안 돼. 그냥 무조건 알아서 잘하래!"

수지는 다시 휴대폰 메모장을 열었다. 메모장에는 현장 실습 일지가 담겨 있었다.

"아!"

미아는 나직하게 숨을 뱉었다. 미아도 써야 하는데 목요일부터 이틀 밀렸다. 선생님이 날마다 확인한다 했으니 집에 가면 곧장 실습 일지부터 써야 할 판이었다.

"첫날 실습 내용이라고는 회의 준비, 식당 예약, 오디션 명단 출력, 오디션 장소 리스트 업. 이 정도였는데 퇴근은 저녁 여덟 시."

"엄청 많은 일을 했잖아."

단이가 퉁명스레 말했다.

"근데 무슨 오디션인지, 어떤 장소가 필요한지 모르는 채로 무턱대고 명단만 뽑은 거야. 기계적으로."

미아는 수지 마음이 어땠을지 짐작이 갔다. 무슨 일이든 그것이 필요한 이유가 있을 거라며, 필요에 맞는 일을 찾아내느라 최선을 다하는 아이가 수지였다. 그런데 맥락 없이 내던져진 일을 꾸역꾸역 처리해야 했다니. 분명히 일에 의욕도 없었을 테고, 그만큼 일은 더뎠을 거였다.

"뭔지도 모르고 해낸 일이 감독님 눈에 찰 리 있겠어? 내가 긴 시간 공들이며 뽑아 놓은 것들이 감독님한테는 그냥 쓸모없는 쓰레기가 돼."

말을 이으며 수지는 콧물을 삼켰다. 또 울음이 차오르는 모양이었다. 미아는 다시 수지의 실습 일지를 살폈다. 둘째 날은 광고주에게 택배 보내기에 다섯 시간을 썼다. 셋째 날은 회사 비품 구입과 정리, 방문자 리스트 작성에 많은 시간을 할애했고, 그다음 날은 대표의 초등학생 아들 선물을 사러 강남에 있는 백화점을 뒤지고 다녔다.

"아니, 너한테 왜 이런 일들을 시키는 거야?"

미아 목소리에 날이 섰다. 수지는 모른다고 했다.

"싫다고 하지!"

단이가 나섰다.

"내가 안 그랬을 것 같아?"

수지라면 싫다고, 내가 왜 그런 일을 하느냐고 따졌을 거였다. 미아는 허리를 곧추세우고 수지를 보았다. 수지가 싫다고 했을 때 상대방이 뭐라고 했을지 궁금했다.

“아까 메모장 봤잖아.”

수지 말에 미아와 단이는 동시에 얕은 한숨을 뱉었다. 메모장 가득 담겨 있던 욕들이 왜 나왔는지 알 것 같았다. 고분고분 말을 듣지 않아서 선배라는 사람들이 실습생을 잡도리한 거였다.

“이건 학교에 알려야 하는 것 아니야?”

단이가 목소리에 힘을 넣었다.

“너, 주말에도 불려 나가서 열 시까지 일했잖아. 그거 다 학교에 말하자!”

미아도 목청을 높였다.

“그래도 될까?”

수지의 눈동자가 흔들렸다. 열흘 동안 수지는 무척이나 힘겹고 버거운 시간을 보낸 듯했다.

학교 입장

월요일 아침 8시 20분. 미아는 모처럼 교복을 입고 집을 나섰다. 오늘 푸름에는 한 시까지 출근하면 된다. 그 전에 미아는 해야할 일이 있었다.

골목을 빠져나가 큰길에 닿았다. 횡단보도 앞으로 같은 교복을 입은 아이들이 학교를 향해 우르르 몰려갔다. 며칠 전까지만 해도 미아는 그 아이들 무리에 속해 있었다. 며칠 사이에 미아는 학교로 향하는 아이들 무리가 낯설었다. 이토록 적응 속도가 빠른 사람이었나. 미아는 스스로에게 적잖이 놀라며 아이들과 걸음을 맞췄다. 가방이라도 메고 나올걸. 같은 교복을 입고 아이들 무리에 섞여 걸으면서도 빈손이라는 게 민망했다.

"미아야!"

교문 앞에 서 있는데 단이와 수지가 나타났다. 어제 노래방에서 수지의 이야기를 듣고 셋은 오늘을 계획했다. 수지 얼굴은 어제처럼 퉁퉁 부어 있었다. 그리고 여전히 자신이 없어 보였다. 그래서 미아와 단이는 두 눈에 더 힘을 주었다. 수지 곁에서 수지의 힘이 되어야 했다.

"어, 서수지! 조미아!"

교문을 지나는데 아이들 몇이 수지와 미아에게 다가왔다. 단이처럼 대학 진학을 선택한 같은 과 친구들이었다.

"학교에는 웬일이야?"

"실습은 어때?"

아이들은 여전했다. 적당히 나른하고, 적당히 지쳐 있으며, 적당히 생기 있는 얼굴과 뭔가 재미난 것을 찾아 이리저리 헤매고 있는 듯한 눈빛도. 그날이 그날 같은 지루한 일상에 수지와 미아가 호기심거리로 등장한 것만 같았다. 수지는 어색하게 인사를 건네며 미아를 보았다.

'그것 봐. 등교 시간은 피하자고 했잖아.'

미아에게 따지는 것 같았다.

'열 시까지 출근해야 한다며?'

출근 시간에 맞추려면 등교 시간을 피할 길이 없었다. 물론 수지는 처음에는 출근을 하지 않겠다고 버텼다. 그래도 사람 일은 어찌 될지 모른다며 단이까지 미아를 거들었다. 수지는 어쩔 수 없다는 표정으로 미아의 제안을 받아들였다.

"필요한 서류가 있어서 온 거야."

미아가 둘러댔다.

"그러니까 재미는 있냐고?"

"연예인들도 좀 봤어?"

아이들이 더 몰려들었다.

"얘들, 학교에 일 있어서 왔다잖아. 얼른 들어가!"

단이가 아이들을 교실 쪽으로 몰았다. 그러면서 미아를 보며 두 눈을 찡긋거렸다. 아이들 입단속은 자신이 맡을 테니 얼른 선생님을 만나라는 신호였다. 미아도 단이를 향해 눈을 끔벅거리고 수지 손을 잡았다. 수지와 미아에게 현장 실습지를 연결해 준 진로 담당 선생님은 제2교무실에 있었다.

"그냥 사복 입고 올걸."

교무실로 가며 수지가 중얼거렸다. 매사 단호하고 명쾌하던 수지였는데 오늘은 영 달랐다. 자꾸 쭈뼛거리고 옴찔거리며 뒷걸음을 치려 들었다. 미아는 교무실에 들어서며 머리를 세게 저었다. 자신이라도 힘을 내야 했다.

"어, 뭐야!"

진로 담당 오헌창 선생님이 두 눈을 휘둥그레 뜨고 미아와 수지를 보았다. 다른 과목 선생님들도 교무실에 들어서는 수지와 미아에게 눈길을 보냈다.

“너희, 현장 실습 중 아니야?”

“학교에는 어쩐 일이야?”

선생님들도 아이들과 똑같았다. 두 눈 가득 호기심을 품고 미아와 수지에게 질문을 던졌다.

“말씀드릴 게 있어서요.”

미아가 입을 열었다. 수지는 자꾸만 멈칫거렸다.

“이쪽으로 와.”

오 선생님이 미아와 수지를 창가 쪽 둥근 탁자 앞으로 안내했다.

“오늘 실습 없어?”

미아와 수지가 자리에 앉기 무섭게 오 선생님이 물었다. 빨간 셔츠에 하얀 바지를 받쳐 입은 선생님은 꽤나 상쾌해 보였다. 실습 신청한 아이들 전원을 무사히 실습지로 내보냈다는 안도감이 스며 있는 것 같았다.

미아는 고개를 돌려 수지와 눈을 맞췄다. 누가 먼저 입을 열까 미아가 눈으로 물었다. 수지는 아무런 말이 없었다. 그리고 여전히 겁에 질린 눈동자였다. 미아가 허리를 세우며 선생님을 바라보았다.

“수지가 현장 실습을 너무나 힘들어해요.”

말을 뱉고, 미아는 선생님을 빤히 쳐다보았다. 선생님이 이맛살을 구기며 턱을 쓰다듬었다.

“그걸 왜 미아가 얘기하지?”

오 선생님이 물었다. 그러는 새 조회 예비 종이 울렸다.

“수지, 많이 힘들어?”

사진영상과 담임선생님이 자리에서 일어서며 수지를 보았다. 또 다른 선생님도 수지 이름을 불렀다. 수지는 이런 아이였다. 작은 말과 행동으로도 선생님들의 관심을 한 몸에 받는 아이. 이런 아이가 현장 실습 열흘 만에 백기를 들었다. 선생님들도 선뜻 이해하기 어려울 거였다.

수지는 고개를 살짝 숙이고 아랫입술을 잘근거렸다. 수지를 바라보던 선생님들이 눈길을 거두고 교무실을 빠져나갔다. 교무실에 오 선생님과 수지, 미아만 남았다.

“제가 생각하던 거랑 많이 달라요.”

수지가 입을 열었다.

“너는 뭘 생각했는데?”

선생님 말투가 삐뚜름했다. 미아의 눈썹이 절로 찌푸려졌다.

“저희는 학교에서 영상물 제작 관련 수업을 삼 년 동안 들었잖아요.”

수지 목소리에 드디어 힘이 실렸다.

“판타스틱에서도 삼 년 동안 제가 만들어 놓은 여러 가지 포트폴리오를 확인하고, 저를 실습생으로 데려간 거고요.”

“그런데?”

선생님이 귀찮다는 듯 목덜미를 긁었다.

“선생님도 현장 실습은 교육의 연장선이라 하셨고……”

“그래서 수지야, 힘든 게 뭐야?”

선생님은 수지의 말을 진득하게 들으려 하지 않았다.

“판타스틱에서 저는 잔심부름이나 하는 기계예요. 저한테 제작하는 프로그램에 대해서 누구도 얘기해 주지 않아요. 아무런 의견도 구하지 않고, 제작과 관련된 일을 시키지도 않아요.”

“실습 시작한 지 얼마나 됐지?”

선생님이 물었다. 수지는 열흘이라고 답했다.

“그중에 주말은 쉬었을 테고…….”

선생님이 손가락을 꼽았다. 수지는 고개를 저었다.

“주말에도 나갔어요. 그런데 실습 일정으로 쳐 주지 않아요.”

“흠…….”

선생님이 입을 굳게 다물었다. 무언가 생각하는 눈치였다.

“협약서에 주 오 일, 하루 일곱 시간씩 실습하기로 되어 있어요.”

선생님이 모를 리 없지만 그래도 미아는 말을 덧붙였다.

“일정 관련해서 판타스틱에서는 뭐라는데?”

선생님이 수지를 보았다.

“지금은 바쁘니까 일단 나오라고…….”

“그럼 나중에 일정에서 빼 주겠네!”

선생님이 히죽 웃었다. 뭔가 서두르는 것도 같았다. 미아가 알기로 월요일 1교시에 진로 관련 수업은 없었다.

“근데 저한테 일을 제대로 맡기지 않는다니까요.”

수지가 따지듯 말했다. 수지의 불만은 명확했다. 본인에게 방송 제작과 관련된 일을 정확하게 맡겨 줄 것. 만약 본인에게 던져진 일이 방송 제작에 의미가 있는 일이라면 하루 열 시간씩 일한다 해도 괜찮을 거라고 했다. 하지만 판타스틱에서는 수지에게 방송 제작과 무관한 일도 서슴지 않고 시켰다. 거부할 자유조차 주어지지 않았다. 실습생이니까 그냥 무조건 하라고 했다.

“실습이라는 게 그런 거야. 현장 분위기가 어떤지 직접 느끼는 거고…….”

“저희는 안 그런데요?”

미아가 선생님 말을 끊고 끼어들었다. 선생님 신경이 삐죽 솟는 듯 보였다.

“푸름에서는 담당 피디님이 저한테 무슨 일을 왜 하고 있는지 알려 주세요. 그런 게 교육의 연장 아니에요?”

“물론 그렇게 해 주면 좋지. 그런데 모든 업체가 다 푸름 같은 건 아니야.”

“그래도 현장 실습생을 받았다면…….”

“실제로 현장에 나가도 그럴 거야. 네 마음에 딱 맞는 곳을 찾기가 쉬울 줄 아니?”

선생님은 수지의 말을 막아 버렸다. 수지는 놀란 눈으로 선생님을 쳐다보았다. 선생님은 수지에게 미디어 고등학교 재학생이 겪을 수 있는 최상의 현장이 판타스틱이라고 했다. 그곳에서 석 달 동안 열심히만 하면, 졸업과 동시에 판타스틱에 취업할 수도 있을 거라 했다. 그래서 수지는 더 들떠 있었다. 최상의 현장, 그리고 졸업과 동시에 취업 가능. 두 개의 매혹적인 문구가 수지 가슴에 콕 박혀서 무조건 열심히 최선을 다하리라 다짐하게 했었다. 하지만 선생님 말은 틀렸다. 판타스틱은 최악의 실습 현장이었고, 판타스틱에서 졸업생 서수지에게 취업 기회를 준다 해도 받아들일 마음이 없었다. 판타스틱은 일하면서 성장할 수 있는 곳이 아니었다.

"그러니까 그만두겠습니다."

수지가 단단한 목소리로 말했다.

"서수지, 너, 석 달 동안 실습하겠다고 협약서에 사인했잖아."

선생님 목소리에 짜증이 깔렸다.

"판타스틱에서 협약 사항을 어겼어요."

수지도 물러설 기미가 없었다.

"뭘 어겼다는 건데?"

선생님은 수지를 이해하려 들지 않았다. 어리미디어고등학교 선생님이 아니라 판타스틱프로덕션 관계자 같았다.

"일단 실습 시간을 지키지 않았고요."

"지금은 바빠서 그렇다며? 원래 방송 일이라는 게 그래. 시간 싸움이잖아. 바쁠 때는 하루 열 시간이 뭐야. 이삼 일씩 날밤 꼬박 새워 가면서 일하는 데가 방송 현장이야."

“그게 당연한 건 아니잖아요.”

미아도 나섰다. 그래야 할 것 같았다. 선생님이 도리질을 했다.

“출퇴근 시간 딱딱 맞추고, 워라벨을 챙길 거였으면 애초에 방송 미디어 쪽 일에 관심을 갖지 말았어야지. 수업 시간에도 종종 말해 줬잖니. 현직에 있는 특강 샘들도 얘기해 줬고. 너희 똑똑한 줄 알았더니 도대체 뭘 보고 들은 거야!”

선생님은 버럭 화를 내고는 까칠한 낯으로 수지를 보았다.

“네가 이렇게 일방적으로 그만둬 버리면 판타스틱이랑 우리 학교 관계는 끝이야. 너 때문에 앞으로 판타스틱에서 실습하고 싶어 하는 아이들 모두 기회를 놓치는 거라고. 그 정도 인지도 못 하고 이렇게 생떼를 쓰는 거야?”

선생님은 수지에게 실망이라는 둥, 후배들한테 미안하지도 않냐는 둥 힐난을 퍼부었다. 수지 손끝이 파르르 떨렸다. 다시 마음이 무너지는 듯 보였다. 미아는 수지 손을 힘껏 잡으며 선생님을 보았다.

“선생님, 아무리 그래도…….”

“가서 조금 더 견뎌. 견디는 것도 배우는 거야.”

선생님은 무책임한 말을 휙 던지더니 자리에서 일어났다. 수지는 고개를 푹 숙인 채 꿈쩍도 하지 않았다.

“일단 가 봐. 선생님이 조만간 담당자 만나서 얘기해 볼 테니까. 아무튼 이렇게 그만두는 건 안 돼. 책임감을 가져.”

선생님은 할 말이 끝났다는 듯 교무실을 빠져나갔다. 우악스러운 소리가 열띠게 오가던 교무실에 마른침 삼키는 소리만 크게 울렸다.

새로운 취재

아무런 성과 없이 미아와 수지는 학교를 빠져나왔다. 미아와 수지에게 아이들 재잘거림이 가득 찬 학교는 딴 세상 같았다. 아직 재학생인데 왜 이질감을 느껴야 하지? 문득 스스로의 선택이 잘못되었나 싶었다. 학교에 더 머물렀어야 했나, 단이나 다른 친구들처럼 대학을 선택했어야 했나. 수지도 입을 굳게 다문 채 느릿느릿 걸음을 옮겼다. 미아보다 수지 머릿속이 더 복잡하고 무거울 거였다. 미아는 한숨을 얕게 내쉬며 수지와 속도를 맞췄다.

"가 봐야겠다."

횡단보도 앞에서 수지가 작정한 듯 말했다.

"책임감을 가지라잖아. 조만간 담당자도 만난다셨고. 믿어 봐야지."

말끝에 수지는 묵직한 한숨을 달았다. 지금으로서는 다른 방법이 없기는 했다.

“무슨 일 있으면 연락해, 꼭!”

미아는 수지를 꼭 끌어안았다. 수지가 미아의 등을 토닥거렸다. 마음이 따뜻해지는 손길이었다. 힘을 내려는 것 같아서 미아는 마음이 조금 놓였다.

집으로 돌아와 옷을 갈아입고, 미아는 천천히 어리밥상으로 향했다. 삼촌이 다녀간 뒤 할머니의 낯빛은 더 어두워졌다. 삼촌에게 무슨 일이 있는 것 아니냐며 엄마를 들들 볶기도 했다. 할머니가 걱정할까 봐 일부러 들른 거였는데 오히려 역효과가 나 버렸다. 반년 만에 나타난 삼촌은 확실히 수척해 보였고 할머니가 그걸 놓쳤을 리 없다.

“남의 돈 벌기가 쉬워? 게다가 호텔 조리실이잖아. 신경 쓸 게 한둘이 아니겠지.”

엄마는 짐짓 큰소리를 쳐 가며 걱정하는 할머니를 나무랐다. 미아도 엄마랑 한통속이 되어 할머니에게 눙치는 역할을 맡았다. 그래서 이전보다 더 자주 어리밥상을 찾았다.

오늘 점심 메뉴는 나물비빔밥이었다. 홀에는 손님이 가득했고, 할머니는 딴생각할 틈이 없을 만큼 바빠 보였다. 그래도 미아는 할머니에게 계란부침을 두 개 해 달라고 했다. 할머니는 빙긋 웃으며 계란 두 개를 집어 들었다. 미아는 조리실 옆에 있는 일인용 탁자에 앉았다.

"반찬은 셀프. 알지?"

손님이 빠진 탁자를 치우며 엄마가 미아에게 턱짓을 했다. 기다렸다는 듯 미아의 탁자에 계란국과 깍두기가 놓였다. 할머니는 행동이 참 빨랐다.

계란국을 홀홀 떠먹고 있는데, 미아의 휴대폰에 메시지가 들어왔다.

- 미아 씨, 조금 일찍 와 줄 수 있을까?

한 피디였다. 미아는 숟가락을 할짝거리며 휴대폰을 잡았다.

- 몇 시요?
- 12시 30분까지. 오후에 촬영 나가야 해

한 피디가 만드는 '백세 건강'은 지난주에 촬영이 끝났다. 한 피디도 주말은 쉬고 오늘과 내일 이틀 동안은 편집실에 틀어박혀서 편집만 할 거라고 했다. 그런데 무슨 촬영인가 싶었다.

- 땜빵 촬영

미아가 궁금해하는 걸 알아챘는지 한 피디가 짧게 답을 보냈다. 마침 계란부침 두 개를 얹은 비빔밥이 나왔다. 서둘러 먹고 출발하면 열두 시 삼십 분까지는 갈 수 있을 것 같았다. 미아는 한 피디에게 알겠다 답을 하고, 숟가락을 재게 놀렸다. 할머니가 안쓰러운 눈으로 미아를 보았다.

"그래도 제가 꽤 쓸모 있다는 거잖아요. 저는 좋아요!"

입안 가득 밥을 넣고, 미아는 할머니를 보며 엄지를 세웠다. 순간 수지가 떠올랐다. 수지도 쓸모를 바랐을 뿐이다. 그리고 사람이 쓸모를 바라는 건 허황된 욕심이 아니다. 푸우. 미아는 슬쩍 한숨을 날렸다.

설거지를 엄마에게 넘기고 어리밥상을 나섰다. 가을 햇살이 따사로웠다. 미아는 이어폰을 꽂고, 귓바퀴를 타고 흐르는 리듬에 몸을 맡겼다. 지하철 창문 너머 넘실거리는 한강은 여전히 여유로워 보였다.

"아, 실습생!"

푸름 사무실에 발을 디디기 무섭게 한 피디가 미아에게 액션캠으로 쓰는 소형 카메라를 내밀었다. 미아는 눈을 휘둥그레 뜨고 한 피디를 보았다. 액션캠은 일반인들이 브이로그용으로 자주 쓰는 카메라였다. 제품에 따라 차이는 있겠지만 방송용 화질이 가능할까 싶었다. 아니면 방송용 촬영이 아닌가도 싶었다.

“저는 그냥 연습 삼아 찍어요?”

“아니야. 오늘 가는 현장이 어떨지 알 수 없거든. 미아 씨는 그냥 구경꾼처럼 주변에 서서 찍어 주면 돼. 이거 쓰기 불편하면 그냥 핸드폰으로 찍어.”

말을 던지며 한 피디는 연신 방송 장비를 챙겼다. 방송용 촬영은 맞는 것 같았다. 미아는 액션캠에 전원을 넣고 화질을 체크했다. 학교에서 쓰던 것보다는 화질이 훨씬 좋은 것 같았다. 줌 배속도 높았다.

“뭘 찍으러 가는데요?”

“다큐멘터리.”

한 피디 목소리에 부쩍 힘이 담겼다. 희한했다. 한 피디는 꽃 축제 촬영하러 갈 때에도, ‘백세 건강’ 촬영 때문에 병원을 찾아갈 때에도 연신 한숨을 뱉고 이맛살을 구겼다. 오늘이랑은 달랐다. 게다가 다큐멘터리라니. 푸름프로덕션에서는 구성물을 주로 제작했다. 지난번 축제도 구성물 느낌으로 촬영했고 편집했다.

“갑자기 무슨 다큐멘터리요?”

“선배가 만드는 건데 오늘 좀 급한 일이 생겼나 봐. 촬영하러 못 간다고.”

미아 말에 대꾸하면서도 한 피디는 계속 손을 움직여 카메라에 외부 지향성 마이크를 장착했다. 그리고 삼각대와 메모리 카드를 챙겼다. 미아도 한 피디 곁에서 오디오 잭을 확인하고 배터리를 준비했다.

"그런데 무슨 땜빵이 이렇게 많아요?"

장비를 챙겨 사무실을 나서며 미아가 툴툴거렸다. 마침 엘리베이터가 문을 열었다.

"실습생, 일이 많은 건 좋은 거야."

한 피디가 넉살 좋게 웃으며 지하층 버튼을 눌렀다. 오늘도 한 피디 차로 이동하는 모양이었다.

"유류비는 나와요?"

주차장으로 이동하며 미아가 물었다. 문득 촬영과 관련된 비용을 회사에서 전부 지불하는지 궁금해졌다. 촬영도 주먹구구식으로 땜빵을 하는 현장이라면 비용 문제도 제대로 구분되지 못할 것만 같았다. 그렇다면 곤란했다. 미아는 일을 하고, 그에 맞는 급여를 받고 싶었다. 자신의 재능으로 자선 사업을 해야 한다면 다시 생각해 볼 필요가 있었다.

"당연히 나오지!"

한 피디가 시원하게 답했다. 미아의 속을 읽은 것만 같았다. 미아는 샐쭉한 표정을 풀고 자동차에 올랐다.

"아까 말했지만 오늘 현장 상황이 어떨지 예측 불가니까 미아 씨는 너무 깊숙이 들어오지 말고, 주변에서 구경꾼 모드. 알았지? 그래도 미아 씨가 찍는 거 아주 중요하게 쓰일 수 있으니까 잘 찍어야 해."

운전석에 자리 잡으며 한 피디가 잔소리를 퍼부었다. 미아는 조수석에서 안전벨트를 매며 건성으로 고개를 끄덕였다. 솔직히 미아에게는 방송용 카메라보다 액션캠이 훨씬 편했다. 공모전용 영상을 만들 때도 주로 이용하던 게 액션캠이었다. 또 수지가 떠올랐다. 수지가 판타스틱이 아니라 푸름에 왔다면 어땠을까 싶었다. 그랬더라면 수지는 누구보다 열심히 재미있게 실습 과정을 해냈을 거였다. 자기도 모르게 또 한숨이 나왔다.

"왜? 무슨 문제 있어?"

한 피디가 물었다. 그새 자동차는 주차장을 빠져나왔다.

"아니요. 제 친구가 생각나서요."

"친구?"

한 피디가 미아 말에 관심을 보였다. 문득 한 피디와 상의해 봐도 괜찮을 것 같다는 생각이 들었다.

"제 친구가 판타스틱에서 실습하고 있거든요."

한 피디 쪽으로 고개를 돌리며 말을 꺼내다가 미아는 멈칫했다. 한 피디가 지정해 놓은 네비게이션 목적지에 '아몬드호텔'이 적혀 있었다.

"지금 어디 가요?"

미아 목소리가 훌쩍 커졌다. 한 피디가 눈을 휘둥그레 뜨더니 "아몬드호텔."이라고 정확하게 말했다. 아몬드호텔은 삼촌이 일 년 반 전까지 일하던 곳이다.

“거긴 왜요?”

미아 목소리가 갈라졌다. 그만큼 놀란 탓이었다.

“촬영하러 간다니까? 왜?”

한 피디가 당황스러운 듯 미아를 곁눈질했다.

“거기에 무슨 일이 있어요?”

“몇 년 전부터 아몬드호텔 노조랑 경영진 간에 문제가 좀 있었거든.”

“노조요?”

그렇다면 삼촌과는 상관이 없는 것 같았다. 삼촌은 아몬드호텔 조리부에서 일하다가 해고당했다. 물론 그 이유는 알지 못했다.

“경영진에서 노조를 해산시키려고 노조에서 활동하는 사람들만 골라서 해고했대.”

해고라는 단어가 나와 버렸다. 아몬드호텔에서는 해고를 밥 먹듯 시키는 모양이었다. 삼촌은 왜 하필 그런 곳에서 일을 했을까. 미아 가슴에 찌릿 전기가 흘렀다.

“그래서 뭘 찍으러 가는 거예요?”

마음을 추스르고 미아는 다시 질문을 던졌다.

“해고당한 사람들이 법정 싸움을 시작했는데, 지난 금요일 일심에서 법원이 호텔 손을 들어 줬나 봐.”

“그래서요?”

“오늘 호텔 경영진이랑 다시 담판 짓겠다고 모인대.”

"아!"

해고당한 노조 사람들이 경영진과 담판 짓는 장면을 담으면 되는 모양이었다. 그런데 그게 촬영이 가능한가? 미리 약속이 되어 있는 건가? 그건 아닐 것 같았다. 무슨 일이 어떻게 펼쳐질지 알 수 없는 현장. 한 피디 말대로 호락호락하지 않을 거였다. 미아는 액션캠 전원을 켜고 작동법을 살폈다. 연출 없이, 벌어지는 일을 그대로 담아야 하는 다큐멘터리 촬영에는 기동력이 필수였다. 그러려면 장비 사용법부터 숙지해야 했다.

겹쳐지는 장면

한 피디는 아몬드호텔 지하 주차장에 차를 세우고, 장비를 최소한으로 챙겼다. 미아에게는 액션캠 하나만 쥐어 주고 먼저 호텔 로비로 올라가라고 했다.

"지금부터 나하고는 모르는 사이. 미아 씨는 친구 만나러 왔다가 사람들이 모여 있길래 촬영하는 것일 뿐이야. 알았지?"

한 피디가 당부했다. 현장 촬영하는 일이 이렇게까지 조심해야 할 일인가 싶었다. 미아는 액션캠을 백팩에 넣고 엘리베이터에 올랐다. 아몬드호텔은 지하 5층부터 지상 18층에 이르는 대형 고급 호텔이었다.

'아이고, 좋다, 좋아!'

할머니의 환한 목소리가 들리는 듯했다. 미아는 4년 전, 할머니,

엄마와 함께 이곳에 왔었다. 5층, 호텔 식당에서 일하고 있는 삼촌의 초대였다. 삼촌은 한강이 훤히 내려다보이는 창가에 자리를 마련하고 할머니를 안내했다. 어지간해서는 어리밥상 문을 닫는 법이 없는 할머니였지만, 삼촌의 간청에 못 이기는 척 따라나선 길이기도 했다. 그래 봐야 점심 손님이 모두 빠진 오후 두 시, 미아에게는 늦은 점심이었다.

자리에 앉기 무섭게 미아는 삼촌에게 음식을 재촉했다. 엄마는 먼지 한 톨 없이 반짝반짝 빛나는 창틀이며 대리석 탁자에 깔아 놓은 금박 러너에서 눈을 떼지 못했다.

그때는 아빠가 있을 때였고, 엄마는 집 안을 꾸미는 데 꽤나 관심이 많았다. 그날, 삼촌은 하얀색 커다란 조리사 모자를 쓰고, 하얀 셰프 유니폼에 희고 큼직한 앞치마를 두르고 벙글거리며 할머니 앞에 나타났다. 옆에는 조리장이라는 사람도 함께였다. 조리장은 삼촌 실력이 아주 뛰어나고 성실해서 누구 유전자인가 했는데 할머니 유전자더라며 "존경합니다, 어머님!"이라고 너스레를 떨었다.

그때, 조리장은 삼촌이 메인 셰프 자리를 차지하는 데 긴 시간이 걸리지 않을 거라고 장담했다. 옆에서 삼촌은 부끄러운 듯 얼굴을 붉혔고, 할머니는 허리를 굽실거리며 고맙다는 말만 연신 내뱉었다.

땡.

엘리베이터가 1층에 멈췄다. 안내 데스크가 있는 1층 로비는 4년 전에 보았던 그때와 크게 다르지 않았다.

전체적으로 금색과 검정색을 적절하게 섞어 고급스러우면서도 단정한 느낌을 풍기는 큼지막한 로비 한쪽에는 커피 향을 은은하게 풍기는 커피숍이 있었다. 아림의 스무디를 좋아하는 미아지만 호텔 로비의 커피 향은 매력적이었다. 층고가 높은 로비에는 크리스털로 꾸며 놓은 조형물이 빛났고, 통유리로 된 창가 쪽으로는 검정색과 금색 가죽 소파가 군데군데 놓여 있었는데, 자리마다 둘씩, 셋씩 모여 앉은 사람들이 심각한 얼굴로 이야기를 나누고 있었다. 커피 향이 온몸을 여유롭게 감싸고 있는 로비 공간과는 썩 어울리지 않는 풍경이었다.

미아는 창가에 서서 백팩을 앞으로 돌려 멨다. 무슨 일이든 벌어지기만 하면 곧장 현장으로 들어갈 작정이었다. 그런데 언제 어디에서 모이는 걸까. 그걸 묻지 못했다. 낭패감이 스르르 올라오는데 마침 주차장에서 올라온 한 피디가 보였다. 미아는 곧장 한 피디에게 메시지를 보냈다. 한 피디는 힐끔 미아를 살피고는 호텔 밖으로 나갔다.

- 오후 2시 호텔

한 피디의 답은 간단했다.

- 호텔 어디요?

미아는 다시 질문을 보냈다.

- 정확한 장소는 알 수 없음

한 피디는 애매한 답을 보냈다. 미아는 아랫입술을 오물거리며 시간을 확인했다. 한 시 오십 분. 한 피디가 알려 준 대로라면 곧 사람들이 모여들 거였다. 어디에 자리를 잡고 있는 게 좋을까 생각하며 출입문 부근을 얼쩡거릴 때였다. 창가 소파에 앉아 있던 사람들은 물론 로비 곳곳에 드문드문 서 있던 사람들이 눈 깜짝할 사이에 로비 중앙으로 모여들었다. 그러고는 곧장 노란색 어깨띠를 둘렀다. 어깨띠에는 "해고 노동자 복귀", "부당 해고 무효"라는 글자가 앞뒤로 쓰여 있었다. 한 피디가 말한 노조 사람들인 모양이었다.
"아몬드호텔 경영진은 해고된 노조 직원을 만나 주십시오."
익숙한 목소리가 튀어 올랐다. 그때 한 피디가 카메라를 들고 호텔로 뛰어 들어왔다. 시작이었다. 그러니까 미아도 촬영을 해야 했다. 미아는 백팩에서 액션캠을 꺼냈다. 그런데 조금 전 들렸던 목소리가 미아의 정신을 흐트러뜨렸다. 뭐지, 왜 익숙하지? 갖가지 크기의 물음표가 미아의 머릿속을 흔들었다.
"저는 오 년 동안 이곳 레스토랑에서 보조 셰프로 일했습니다."

익숙한 목소리 주인은 삼촌이었다. 액션캠에 전원을 넣어야 하는데 정신이 마비된 것만 같았다. 미아는 액션캠을 든 채로 홀린 듯 사람들 곁으로 다가갔다.

"저는 여기에서 홀 매니저로 칠 년 일하다가 객실 청소로 전환 배치되어 다시 삼 년을 일했습니다. 그런데 아무런 이유 없이 해고를 당했어요."

또 다른 사람의 목소리가 울려 퍼졌다.

"저도 안내 데스크에서 일하다가 세탁실로 배치되어 오 년 일했어요. 그래도 저는 불만 없이 열심히 일했는데……."

또 누군가의 목소리가 울렸고, 그 옆에 카메라를 들고 있는 한 피디가 보였다. 순간 미아는 정신이 번뜩 드는 듯했다. 미아도 촬영을 해야 했다. 미아는 얼른 액션캠 전원을 켰다. 그리고 열다섯 명쯤 모여 있는 어깨띠 사람들 사이에서 삼촌을 찾아냈다. 삼촌은 가장 앞줄에 서 있었다. 삼촌 앞으로 가야 할까, 그냥 뒤에 머물러 있는 게 나을까 판단이 서질 않았다.

제복 차림의 건장한 남자 네 명이 잰걸음으로 쫓아 나왔다. 호텔 이용객들이 로비 여기저기 흩어져 중앙에 모여 있는 어깨띠 사람들을 바라보았다.

"아몬드 호텔 경영진은 해고

철회
부당해고
무효
부당해고
무효
부당해고
무효

노동자와의 면담을 진행해 주십시오.”

삼촌 목소리가 다시 튀어 올랐고, 근처에 있던 한 피디 카메라가 삼촌에게 향하는 게 보였다. 자신까지 앞으로 나갈 필요는 없어 보였다. 미아는 구경꾼처럼 뒤쪽에서 액션캠 버튼을 눌렀다.

호텔 안쪽에서 검은 양복 차림의 남자 세 명이 나왔다. 그중 한 명이 삼촌 앞에 섰다. 나머지 두 사람은 양쪽으로 흩어져 주변에 있는 이용객들 앞에 머리를 조아렸다. 미아는 그들 중 한쪽으로 다가갔다. 그들이 무슨 말을 하는지 듣고 싶었다. 아니, 카메라에 담고 싶었다.

“별문제 아닙니다. 금방 해결될 테니까 걱정 마십시오.”

양복 남자들 역할은 호텔 이용객들을 다독이는 것인 모양이었다. 또 다른 호텔리어들도 우르르 나와 이용객들에게 따끈한 차와 쿠키를 건넸다. 얼떨결에 미아도 차를 받았다. 손이 부족해 쿠키까지 받을 수는 없었다.

“여기에서 몇 년씩 일하신 분들이 이렇게 무작정 단체로 찾아와서 뭐 하자는 거예요? 절차를 밟아야지. 여기는 여러분의 전 동료들이 일하는 직장이에요.”

삼촌 앞에 선 양복 남자가 차분하게 말했다.

“아무리 얘기해도 들어주지를 않으시잖아요.”

또 삼촌이었다. 삼촌은 이곳에서 해고당한 열다섯 명의 대표를 맡고 있는 듯했다. 왜 하필…… 중앙에 몰려 있는 사람들을 쳐다보며 미아는 아랫입술을 질끈 깨물었다. 해고당한 것도 식구들에게 말하지 못하면서 호텔을 상대로 벌이는 싸움의 중심에 있다니. 할머니가 알면 얼마나 걱정을 할까 싶었다.

"그러니까 일단 나가서 얘기합시다!"

양복 남자가 로비 양쪽을 번갈아 보며 눈짓했다. 그러자 양쪽 끝에서 제복 차림 남자들이 여럿 뛰어왔다.

"팀장님! 저희가 원하는 건 이미 말씀드렸습니다."

삼촌이 목청을 높였다.

"저희의 해고는 부당합니다."

삼촌과 함께 있던 사람이 소리쳤다. 양복 남자가 눈살을 찌푸리며 제복 남자들을 쳐다보자 제복 남자들이 삼촌과 그곳에 모여 있는 사람들을 호텔 뒷문 쪽으로 몰기 시작했다.

"이런 식으로 몰아내려고 하지 마세요!"

삼촌의 목소리가 세게 터졌다.

"대화를 하자고요!"

또 다른 사람들도 마구잡이로 외쳤다. 그런데도 호텔 쪽 남자들은 입을 굳게 다문 채 어깨띠 사람들을 내쫓는 데만 정신을 쏟고 있었다. 삼촌과 그 옆에 있던 아저씨들이 어깨를 걸고 버티기 시작했다. 그러자 제복 남자들이 삼촌과 아저씨들을 등과 어깨로 있는 힘껏 떠밀었다. 또 다른 제복 남자들은 뒤쪽 대열에 있던 사람들을 끌어내기 시작했다. 누군가 넘어지고 비명이 터졌다. 뒷문 쪽에 있던 호텔 이용객들도 소리를 지르며 벽 쪽으로 붙어 섰다. 양복 남자들이 이용객들에게 다가가 중앙 쪽으로 이동을 권했다. 물리력이 행사되기 시작해서였을까. 호텔은 금세 아수라장이 되어 버렸다.

"당신 뭡니까?"

누군가의 거친 목소리가 들렸다. 제복 남자가 한 피디 앞에서 성난 얼굴을 하고 있었다.

"푸름프로덕션의 한상렬 피디입니다."

"촬영 허가 받았습니까?"

제복 남자가 한 피디 앞을 거칠게 막으며 카메라를 빼앗으려 들었다.

"이건 언론 탄압입니다. 대한민국 국민이라면 누구나 집회와 언론……."

한 피디가 카메라를 양손으로 쥔 채 저항했다. 그러면서 슬쩍 미아를 쳐다보았다. 빨리 찍으라는 것 같았다. 미아는 액션캠을 한 피디 쪽으로 틀었다. 그때 누군가의 손바닥이 렌즈를 가로막았다. 양복 남자였다.

"학생은 뭐지?"

"네? 저요?"

뭐라고 대답해야 하나 생각하며 주위를 살피는데, 휴대폰으로 촬영하고 있는 사람들이 여럿 보였다.

“저, 여기서 이모 만나기로 했는데요!”

한 피디와의 약속대로 미아는 엉뚱한 소리를 늘어놓았다.

“그런데 뭘 찍고 있어?”

“이거 제 취미예요!”

미아는 액션캠을 쥐고 목청을 높였다.

“이렇게 정신없어서 제대로 묵을 수나 있겠어요?”

이용객 쪽에서 누군가가 말했다. 양복 남자는 그쪽으로 달려가 머리를 조아렸다. 그러고는 안내 데스크에 있는 직원을 향해 큰 소리로 말했다.

“얼른 경찰 불러. 이 사람들이 영업 방해하고 있다고!”

안내 데스크 직원은 곧장 전화기를 집어 들었다.

“여긴 우리가 일하던 일터예요!”

삼촌 목소리가 세게 울렸다.

“당신들은 정당한 사유로 해고됐어. 이미 법원에서 판결 났잖아!”

양복 남자도 삼촌 못지않게 큰 소리로 따지더니 또 다른 직원들에게 손짓을 했다. 지시받은 남자들은 본격적으로 어깨띠 두른 사람들 사이를 비집고 들어갔다.

“정당하지 않은 해고였습니다. 경영 적자에 따른 해고를 왜 노조 가입자만 당해야 하는 겁니까?”

삼촌이 고래고래 소리를 높이자 제복 남자가 삼촌의 입을 막아

108

사라진 엄마

미아는 호텔 직원이 따라 준 차를 한 모금 마셨다. 따스한 기운
이 번지며 떨림이 가라앉았다. 미아는 한 피디를 쫓아가려 액션캠
을 쥐고 뒷문 쪽으로 향했다. 뒷문 앞을 가로막은 양복 남자가 수
상쩍다는 듯 눈을 가느다랗게 뜨고 미아를 살폈다. 미아는 아무렇
지 않은 척 몸을 돌렸다.

아몬드호텔 정문 앞은 왕복 사차선 도로가 시원스럽게 뻗어 있
었다. 인도에는 오가는 인파도 많았다. 하지만 누구도 호텔 안에서
벌어진 소란을 알아차린 것 같지 않았다. 남의 일에는 원래 그랬다.
미아도 남의 일이었다면 이렇게 마음이 쓰이지 않았을 거였다. 하
지만 지금은 남의 일이 아니었다. 실습생 미아로서 촬영을 해야 하
는 일이었고, 무엇보다 어깨띠 두른 무리 중에 삼촌이 있었다. 미

아는 잰걸음으로 호텔 모퉁이를 돌아 커다란 골목으로 들어갔다. 호텔 주차장 표지판이 보였다. 다시 주차장을 끼고 방향을 틀었다. 어깨띠 두른 사람들이 호텔 로비에서처럼 한 덩어리로 뭉쳐 있고, 그 앞으로 양복과 제복 남자들이 촘촘히 줄을 맞춰 서 있었다. 어깨띠 두른 사람들을 절대로 호텔에 들여보내지 않으려는 의지가 팽팽해 보였다.

"부당 해고 철회, 해고 노동자 복직!"

삼촌이 고래고래 소리를 질렀다. 그러자 다른 사람들도 삼촌의 외침과 같은 말을 반복했다. 미아는 또 자리에 멈춰 섰다. 삼촌 눈에 뜨여도 괜찮은 걸까. 머릿속 스위치가 자꾸만 깜빡거리며 제 기능을 멈췄다.

"호텔 경영이 어렵던 시기에 스스로 급여를 삭감하고 더 많은 일을 나눠 하며 호텔을 위해 헌신한 우리입니다!"

삼촌 목소리가 쇳소리를 내며 갈라졌다. 호텔에서 쫓겨난 뒤로 10여 분이 흐르는 동안 삼촌은 내리 구호를 외치고 있었던 듯했다. 그럼에도 호텔 쪽 사람들은 눈 한번 끔뻑이지 않았다. 삼촌과 어깨띠 사람들은 철저하게 외면당하고 있었다. 한때 같이 일하던 동료들이 맞나 싶었다.

미아는 마른침을 꿀꺽 삼키고, 액션캠 녹화 버튼을 눌렀다. 어깨띠 사람들 앞쪽으로는 한 피디가 있었다. 미아는 걸음을 옮겨 꽁무니 쪽으로 다가갔다.

"경영진이 만나 줄 때까지 우리는 한 발자국도 물러서지 않을 겁니다!"

삼촌이 오른 주먹을 번쩍 들어 올렸다. 사람들이 삼촌을 따라 하며 환호했다. 미아는 액션캠을 이리저리 옮겨 가며 무심한 척, 혹은 신기해하는 척 사람들 뒷모습을 담았다. 여전히 마음은 어지러웠다. 삼촌은 호텔 경영진을 만날 수 있을까. 경영진을 만나 나누려는 얘기는 무엇일까. 마음이 어지러우니 촬영이 제대로 될 리 없었다. 핀트가 자꾸 어긋나 화면이 흐려졌다. 이대로는 건질 만한 장면이 하나도 없을 것 같았다.

삼촌을 비롯한 어깨띠 사람들은 호텔 뒷문 앞 바닥에 궁둥이를 붙이고 앉아 버렸다. 삼촌 말대로 경영진이 나서기 전까지는 꿈쩍도 안 할 기세였다. 사람들은 어깨를 겯고 노래를 부르기 시작했다. 뒷문 쪽으로 쫓겨난 지 한 시간이 되어 갔다. 그래도 사람들은 지친 기색이 없었고, 호텔에서 나온 남자들은 호텔과 뒷문 앞을 분주하게 오가며 저희끼리 무전을 주고받았다.

- 찍을 만해?

한 피디에게서 메시지가 왔다. 미아는 아랫입술을 잘근잘근 씹었다. 찍을 만하지 않았다. 삼촌이 호텔에서 일하다 해고당한 사람이라고, 한 피디에게 미리 이야기할걸 싶기도 했다. 한편으로는 스스로가 너무 아이 같다는 생각이 치받았다. 미아에게는 주어진 카메라가 있었다. 그렇다면 제대로 찍어 내는 게 맞았다. 그런데 눈앞에 있는 피사체가 삼촌이라는 이유로 머뭇거리고 있었다.

- 오래 걸릴 것 같은데 먼저 들어갈래?

한 피디가 다시 메시지를 보냈다. 미아는 괜찮다고 답했다. 이곳에서 벌어지는 일을 더 확인하고 싶었다.

사람들의 노래가 이어졌다. 별다른 일 없이 시간이 흘렀고 액션캠에는 비슷한 장면만 담겼다. 계속 찍는 게 맞는지 한 피디에게 묻고 싶었다. 그때 경광등을 번쩍이며 경찰차가 왔다. 사람들이 자리에서 일어났다. 그리고 대열을 촘촘하게 정돈했다. 경찰들이 차에서 내렸다. 미아는 재빨리 경찰관들을 포착했다.

"여기 대표가 누굽니까?"

경찰관이 사람들에게 물었다. 아니었으면 했는데, 삼촌이 손을 번쩍 들었다. 뒷문 앞에 서 있던 양복 남자도 경찰관에게 다가갔다. 한 피디도 그 옆으로 바짝 따라붙었다. 그런데 그 뒤로 또 다른 카메라가 보였다. 누구지 싶었다. 그래도 일단 미아는 액션캠으로 경찰차와 어깨띠 사람들의 옆모습을 찍었다. 사람들 목소리는 들리지 않았다.

"실습생!"

한 피디가 미아 곁으로 다가왔다. 미아는 눈을 크게 뜨고 호텔 뒷문 쪽을 보았다. 사람들은 아직 이야기 중이었다.

"선배네 촬영 팀이 왔어."

"아!"

땜빵 촬영이라는 걸 깜빡하고 있었다.

"그럼 이제 가는 거예요?"

미아는 현장에 조금 더 있었으면 싶었다.

"주변 인서트 촬영만 좀 해 주고 가면 돼. 벌써 네 시가 넘었어."

한 피디가 사람 좋은 웃음을 지었다. 미아는 머뭇거리며 삼촌이 있는 쪽을 바라보았다. 마음이 뒤죽박죽 엉겨 붙었다.

"오늘은 일단 해산할 것 같아. 호텔 경영진 쪽에서 면담 일정 잡아 준다고 했나 봐."

한 피디는 남의 속을 읽어 내는 초능력을 지닌 것 같았다.

"다행이다."

미아는 눈으로 삼촌을 훑으며 혼잣말을 했다. 한 피디가 카메라를 들고 뒷문 앞 좁은 길로 나갔다. 인서트 촬영을 할 모양이었다. 미아는 액션캠을 접고, 한 피디를 쫓아갔다. 인서트를 제대로 찍으려면 화이트 밸런스를 잡아 줘야 했다.

"오늘도 초과 근무네."

주차장으로 향하며 한 피디가 미아를 쳐다보았다. 미아의 낯빛이 이상하다고 한 피디도 느꼈을 거였다. 여느 때 같으면 미아가 먼저 초과 근무를 운운하며 내일은 더 늦게 나올 거라는 둥, 아예 통으로 쉬어 버리겠다는 둥 엄포를 놓았을 거였다. 하지만 오늘 미아의 마음은 영 복잡했다.

"아몬드호텔 일이요. 잘 해결될까요?"

"걱정돼?"

운전하며 한 피디는 미아에게 되물었다. 미아는 입을 꾹 다문 채 정면만 보았다.

"우리 사회에 말이야. 안타깝게도 저런 일은 셀 수 없이 많이 일어나. 그리고 대부분은 힘없는 노동자들이 피해를 떠안고 마무리되지."

한 피디의 말은 씁쓸했다. 미아는 한 피디를 멀거니 쳐다보았다. 한 피디가 힐끗 미아를 쳐다보고 말을 붙였다.

"우리 실습생이 저런 현장을 처음 봐서 힘들었나 보네."

"그게 아니라요."

미아는 어깨띠 대표로 나선 사람이 삼촌이라고 말했다. 한 피디는 꽤나 놀란 듯 입을 벌렸다.

"아몬드호텔 오 층 레스토랑 보조 셰프로 일하다가 일 년 반 전에 해고당했거든요. 그동안 삼촌은 아르바이트하면서 복직만 기다리고 있었는데……."

법원에서도 호텔 쪽 손을 들어 줬다면 복직은 사실상 어려운 것 아닐까. 그런데도 삼촌은 계속 호텔을 상대로 싸우려는 걸까. 도대체 호텔에서는 왜 사람들을 강제로 쫓아낸 것일까. 머릿속에 답도 없는 질문이 둥둥 떠다녔다.

"미안하다."

가만히 차를 몰던 한 피디가 사과를 했다. 미아는 입을 불뚝 내민 채 한 피디를 보았다.

"피디님이 왜요?"

한 피디 잘못이 아니었다. 그렇다면 누구의 잘못이지? 이 또한 답을 얻을 수 없었다. 거리에 어스름이 피어나기 시작했다.

한 피디는 미아를 어리밥상 앞에 내려 줬다. 미안한 마음을 그렇게라도 갚고 싶다고 했다.

"내일 뵙겠습니다!"

미아는 꾸벅 인사를 건네고 한 피디 차에서 내렸다. 내일은 정시에 출근해야겠다고 생각했다. 그리고 아몬드호텔 일을 더 진지하게 알아봐야지 다짐했다. 한 피디도 도와줄 것 같았다.

어리밥상 앞에서 미아는 흠흠 헛기침을 했다. 그리고 입꼬리를 억지로 올려 얼굴에 미소를 피웠다. 문을 열면 할머니가 보일 거였다. 삼촌은 일 년 반이 넘도록 할머니에게 호텔 일을 이야기하지 않았다. 미아가 삼촌의 계획을 흔들 수는 없었다.

"할머니!"

어리밥상 문을 열고 안으로 들어섰다. 저녁 시간이라 식당은 손님으로 가득했다.

"미아 왔니?"

할머니가 조리실에서 얼굴을 빼꼼 내밀었다. 그런데 엄마가 보이지 않았다. 대신 단골손님 하나가 커다란 쟁반을 들고 반찬을 날랐다.

"엄마는요?"

미아는 손님을 지나쳐 조리실로 들어갔다.

"모르겠다. 아까 누가 와서 같이 나가더니 안 들어오네."

할머니는 대답할 시간도 모자란 것 같았다. 눈과 손이 정신없이 움직였다. 미아는 가방을 조리실 구석에 내려놓고 손님이 들고 있는 쟁반을 받았다. 그제야 손님은 자기 자리에 앉았다.

"우리 미아, 일하고 오자마자 일 시켜 어쩌니."

할머니는 미안해 어쩔 줄 모르는 얼굴로 고등어조림이 담긴 냄비를 쟁반에 올렸다. 3번 테이블에 나갈 메뉴였다. 미아는 차라리 잘됐다 싶었다. 일이 없었으면 멍하니 앉아 있다가 할머니에게 속을 들킬 수도 있었다.

바지런히 음식을 나르고, 빈자리를 정리했다. 그러는 새 홀은 점점 여유를 찾았다.

"미아야, 너도 이리 와서 먹어."

할머니는 조리실 옆 탁자에 미아의 저녁을 차렸다.

"엄마는 먹었어요?"

“아까 다섯 시쯤 나갔는걸. 전화도 안 받아. 무슨 일인지.”

할머니가 말끝에 한숨을 달았다. 미아는 숟가락을 내려놓았다. 아무래도 엄마를 찾아야 할 것 같았다.

“밥 먹고 가.”

할머니가 미아를 잡았다.

“엄마 찾아와서 같이 먹을게요.”

미아의 말에 할머니는 고개를 끄덕였다. 그러는 편이 할머니 마음에도 나을 거였다. 미아는 가방을 들고 어리밥상을 나왔다. 그리고 엄마에게 전화를 걸며 집으로 향했다. 일단은 집에 가 보기로 했다. 도로에 헤드라이트를 켠 자동차들이 빠른 속도로 내달렸다. 완연한 밤이었다.

답이 없는 하루

엄마는 전화를 받지 않았다. 미아는 마음이 급해졌다. 집에 도착해 키패드를 눌렀다. 엄마가 집에 없다면 누구에게 연락해야 할까. 마음은 급한데 떠오르는 사람이 없었다. 이렇게 모를 수 있나, 엄마에 대해서? 자책하며 문을 여는데, 현관에 아무렇게나 벗어던진 엄마 신발이 보였다.

"엄마!"

미아가 빽 소리쳤다. 엄마가 집에 있어 다행이라는 생각과 함께 짜증이 솟구쳤다.

"아……."

얼핏 엄마 목소리가 들렸다. 미아는 퉁탕거리며 부엌 옆방으로 들어갔다. 엄마가 큼지막한 종이 상자 뚜껑을 허겁지겁 덮었다.

"그게 뭐야?"

미아는 엄마에게 부리나케 다가가 종이 상자 뚜껑을 잡았다. 엄마는 매우 당황스러운 얼굴로 종이 상자를 정리하려 들었다. 하지만 소용없었다. 미아의 눈은 빠르게 종이 상자를 훑었다. 낡은 공책 여러 권과 손바닥 두 개를 붙인 정도 크기의 헝겊 가방. 눈에 익은 물건들이었다.

"이거!"

미아는 곧장 공책을 집어 들었다. 아빠 손때가 묻어 있는 아빠 물건이 맞았다.

"이리 내!"

엄마가 미아 손에서 공책을 빼앗았다. 그러고는 잔뜩 굳은 얼굴로 종이 상자를 덮어 버렸다.

"갑자기 그건 왜 들여다보고 있는 거야?"

미아의 물음이 뾰족하게 나갔다. 짧은 시간이었지만 미아는 엄마 때문에 심장이 조각나는 것 같았다. 엄마가 그걸 모를 리 없었다. 그런데도 엄마는 모르는 척 종이 상자를 붙박이장 아래 밀어 넣었다.

"누구 만났어?"

미아가 물었다.

"몰라도 돼."

엄마가 언짢은 듯 대꾸하고는 몸을 돌렸다. 미아는 엄마의 팔을 잡았다.

“엄마, 나 열아홉 살이야.”

“그래서?”

엄마가 해쓱한 얼굴로 미아를 돌아보았다.

“무슨 일이 있는지 얘기해 주면 안 돼? 무슨 가족이 이래. 왜 다 비밀이고 모른 척이야?”

툭 울음이 터졌다. 미아에게 오늘 하루는 너무나 길고 험난했다. 교복 입고 학교에 갈 때에도, 한 피디와 땜빵 촬영 나섰다가 삼촌을 보았을 때에도 미아는 숨이 막히는 느낌에 사로잡혔다. 그 정점을 엄마가 찍었다. 생기 없는 얼굴로 아빠의 흔적을 들여다보고 있는 엄마 앞에서 와르르 무너져 내렸다.

“미아야!”

엄마가 미아 앞에 마주 앉았다.

“그거 아빠 공책이잖아. 아빠가 일하러 나갈 때마다 들고 다니던 거잖아. 내가 그 정도도 모를 줄 알아?”

미아가 거칠게 빼액거리는데 엄마가 미아를 덥석 안았다. 그러고는 미아의 등을 토닥거리며 미안하다 했다. 오늘, 어른에게 두 번째로 듣는 사과였다.

“미안해할 필요 없어. 뭔지 알려만 주면 돼.”

미아는 손등으로 젖은 눈을 닦아 냈다. 그리고 두 눈에 힘을 주고 엄마를 쳐다보았다. 엄마는 머뭇거리며 눈길을 방바닥으로 내렸다.

전화벨이 울렸다. 할머니였다. 미아는 얼른 전화를 받았다. 걱정하고 있을 할머니를 깜빡했다.

"엄마, 집에 있어요."

미아는 최대한 목소리를 밝게 키우고 할머니 전화를 받았다.

"그런데 왜 전화도 안 받는다니?"

할머니도 성을 냈다. 그럴 만했다.

"그러니까요!"

미아는 콧물을 쿵 삼키고, 엄마를 째렸다.

"금방 간다고 해."

이때다 싶었는지 엄마가 자리에서 일어서려 했다. 미아는 얼른 엄마의 손목을 잡았다.

"엄마랑 모처럼 라면 끓여 먹을래. 그래도 되죠, 할머니?"

"라면이 먹고 싶어?"

할머니가 물었고, 미아는 그렇다고 힘주어 말했다.

"별일은 없는 거지?"

할머니가 다시 물었다. 미아는 엄마를 올려다보며 그렇다고 했다. 마음 한쪽에 미안함이 스몄다. 가족 모두에게 진심을 다하는 할머니인데, 가족은 할머니를 걸핏하면 속였다. 그게 진짜로 할머니를 위하는 걸까. 문득 의문이 남았다. 미아는 엄마에게 일어난 일을 모두 알고 싶었다. 가족이라면 그래야 하는 것 아닐까 싶었다.

그렇다면 할머니도 가족에게 일어난 일을 알아야 하는 것 아닐까.

엄마가 미아 손을 털어 내고 부엌으로 갔다. 달그락거리는 소리가 들리더니 냄비에 물 받는 소리가 났다. 그제야 미아는 옷을 갈아입고 몸을 씻었다.

"할머니 혼자 고생하셨겠다."

엄마가 라면을 내어 주고 자리에 앉았다. 엄마 앞에도 모락모락 김이 나는 라면 그릇이 놓였다. 저녁 여덟 시를 넘기도록 엄마도 굶고 있었다.

"한 시간 동안 내가 서빙했어."

미아는 라면을 후루룩 삼켰다. 김치를 썰어 넣은 라면은 칼칼하고 시원했다. 엄마가 힐끔 미아를 보고는 피식 웃었다.

"우리 딸, 진짜 다 컸구나."

엄마는 기운이 하나도 없었다. 궁금한 게 많지만 일단은 먹어야 할 것 같았다. 미아는 엄마가 오랜만에 끓여 준 라면을 다 먹고, 설거지를 했다. 그러는 동안 엄마는 할머니와 통화했다. 할머니의 걱정이 좀 사그라들었을까 싶었다.

"이제 얘기해."

미아는 엄마에게 탄산수 한 잔을 건넸다. 미아 입에서도 상큼하게 탄산이 터졌다.

"아빠 회사 아저씨가 왔었어."

마음을 먹은 듯 엄마가 입을 열었다. 방향을 잡지 않은 눈길은 내내 허공을 떠돌았다.

"아빠 회사 아저씨?"

미아가 차분하게 물었다. 3년 전, 아빠 장례식장에는 두 부류로 나뉜 아빠 회사 아저씨들이 찾아왔었다. 한쪽은 아빠처럼 화물차를 몰고 다니는 아저씨들이었고, 다른 쪽은 아빠에게 화물 운송을 맡긴 회사에서 나온 양복 아저씨들이었다. 오늘 다녀간 쪽은 어느 쪽일까 궁금했다.

"화물차 아저씨들."

엄마가 미아의 궁금증을 풀어 줬다. 그러고는 또 고개를 숙였다. 다시 혼자만의 생각 속으로 숨어들 기세였다.

"산재 신청하자고?"

3년 전 그때, 아빠 장례식장을 찾아온 화물차 아저씨들이 엄마에게 건넨 말이 떠올랐다.

"조 사장은 과로사예요. 증명할 서류들이 넘쳐난다는 거 제수씨도 아시잖아요."

화물차 아저씨들은 산재 신청하고, 아빠 사망의 원인을 살펴 근로 환경 개선을 위한 요구 사항을 마련해야 한다고 했다. 하지만 그때 엄마는 머릿속이 멍한 상태였다.

새벽 4시, 새벽빛조차 어둠을 뚫지 못하고 잠들어 있던 시간에 아빠는 잠자리를 털고 일어났다.

“오늘은 어디 가는 거야?”

엄마가 미역죽을 데워 주며 아빠에게 물었다. 아빠는 새벽에 출근해야 하는 날이면 늘 죽을 먹었다. 근데 일주일에 사흘 이상이 죽이었다.

“평택에 여섯 시까지 가서 짐 내리고, 다시 짐 실어서 울산!”

아빠는 미역죽을 떠먹으며 나직하게 말했다. 아빠는 그런 사람이었다. 무슨 일이 있어도 큰 소리 한번 내지 않고 나긋나긋 침착한 목소리로 이야기하던 사람. 싫다는 말도, 안 된다는 말도 선뜻 내뱉지 못하던 숙맥.

“어제도 포항 다녀왔잖아.”

엄마가 퉁명스레 말했다.

“그러게. 하다 보니 계속 장거리네. 허허.”

아빠는 미역죽을 꿀꺽꿀꺽 삼키고 공책을 꺼내 운송 일지를 작성했다.

지하철 기관사로 일하던 아빠는 미아가 초등학교 졸업할 무렵 화물차 운송 자격증을 따고, 화물차주가 되었다. 사장님이 되었다며 함박웃음을 짓던 아빠는 그날부터 한동안 방황하는 듯했다. 일이 들쭉날쭉 제멋대로인 탓이었다. 일을 안정적으로 하기 위해 백방으로 알아보던 아빠는 자신처럼 화물 운송하는 아저씨들의 도움을 받아 화물 운송 회사와 계약했다. 그때부터 아빠는 바빠지기 시작했다. 일주일에 하루도 제대로 쉬지 못하는 날이 이어졌고, 장거리 운전하느라 이삼일씩 집에 들어오지 못하는 날도 늘었다. 몸이 아파도 병원 한번 마음 놓고 갈 수 없었다. 끼니도 제때 챙기지 못하는 날이 허다했다. 그래도 아빠는 힘들다는 말을 하지 않았다. 아빠는 바지런하게 일해서 화물차 사면서 생긴 빚을 갚고, 가족끼리 해외여행도 가자 했다.

출근 준비를 마치고 아빠는 미아 방에 들어왔다. 그때 미아는 선잠을 자고 있었다. 그래서 아빠가 들어오는 것도, 아무 말 없이 자신을 내려다보는 것도 다 느끼고 있었다. 하지만 알은체하면 잠이 확 달아날까 봐 이불을 턱 밑까지 끌어올리며 벽을 향해 모로 누웠다. 아빠는 가만가만 미아 어깨를 다독이고 집을 나섰다. 그리고 그날 늦은 밤, 아빠의 사고 소식을 들었다.

"경찰이 졸음운전으로 인한 사고라는데 어떻게 해요."

까만 상복을 입고, 엄마는 아빠 회사 아저씨들을 향해 힘겹게 말했다. 정확하게는 화물차 아저씨들이었다.

"그러니까 조 사장이 왜 졸음운전을 했느냐, 이걸 밝혀야 한다고요!"

화물차 아저씨들은 완강했다. 아빠의 죽음은 원통하고 애석하지만 이런 일이 다시 일어나지 않게 하기 위해서라도 대책을 마련해야 한다고 했다.

"조 사장이 운송 일지를 착실하게 작성했잖아요. 그걸 증거 자료로 제출하면 됩니다."

아저씨들은 매우 간단한 일인 양 말했다. 엄마는 어떻게 해야 할지 판단이 되지 않았다. 그때 엄마는 아빠를 잃었다는 것도 실감하지 못하고 있었다. 정신이 반 이상 나가 있을 때였다.

“그때 화물 운송 회사 분들도 오지 않았었어?”

미아가 3년 전 기억을 더듬어 물었다. 엄마는 맥없이 고개를 끄덕였다.

“그 회사 아저씨들은 왜 온 거였어?”

그때, 중학교 3학년이던 미아는 아빠를 둘러싼 일들을 정확히 알 수 없었다.

“네 아빠가 그 회사 일 하다가 세상을 떠난 거잖아.”

아빠 장례식장에는 운송 회사 이름이 적힌 장례 물품이 들어왔다. 그리고 양복을 차려입은 사람 둘이 찾아와 아빠 영정에 절하고 엄마에게 애도를 표했다. 그러다가 아빠의 빈소 바로 앞에서 화물차 아저씨들과 맞닥뜨렸다.

“이 사람들이 여기가 어디라고 왔어?”

화물차 아저씨들이 양복 아저씨들을 향해 목청을 높였다.

“당신들이 죽인 거야. 세상에 연달아 삼 일씩 장거리를 뛰게 하는 법이 어디 있어?”

화물차 아저씨들 목소리가 쩌렁쩌렁 복도를 채웠다.

“자꾸 엉뚱한 소리 하고 다닐 겁니까?”

“조현태 씨가 하겠다고 한 거예요. 다들 알면서 왜 그러십니까?”

양복 아저씨들도 화물차 아저씨들 못지않게 목청을 키웠다.

“조 사장이 하고 싶어서 한다고 했겠어? 배차 거부하면 다음 일 제대로 안 줄 게 뻔하니까……”

“없는 말 지어내지 마시라고요. 조현태 씨가 한 번이라도 더 뛰고 싶어 했어요.”

아저씨들은 한 치의 양보도 없었다. 아빠 빈소에서는 물론 다른 빈소에서도 사람들이 얼굴을 내밀고 복도에 마주 선 아저씨들을 쳐다보았다.

“동료가 갑자기 세상을 떠났는데 애도는 못 할망정……. 자신들 이익을 위해 조현태 씨의 죽음을 이용하지 마세요!”

양복 아저씨가 소리를 높였다. 삼촌이 빈소를 박차고 복도로 나갔다.

“그게 무슨 소리예요? 누가 뭘 이용해요?”

양복 아저씨는 화물차 아저씨들이 아빠의 죽음을 이용해서 자신들의 근로 환경을 바꾸려 기를 쓰고 있다고 했다. 화물차 아저씨들은 아빠의 죽음은 화물 운송 회사에서 단지 돈을 더 벌기 위해 화물 운송업자의 상황은 고려하지도 않고 무작정 자주, 멀리 화물 운송을 맡겼기 때문에 일어났다고 주장했다. 더 이상의 희생자가 생기지 않도록 이제라도 근무 환경을 바꿔야 한다고 목청을 높였다.

"그걸 왜 여기에서 얘기하느냐고요!"

삼촌이 소리를 질렀다. 마침 장례식장 관계자들이 경찰관과 함께 몰려왔다. 경찰관들은 복도에서 소란을 피운 아저씨들을 장례식장 밖으로 내몰았다.

"제수씨, 이런 일이 또 일어날 수 있는데 그냥 구경만 할 거예요?"

장례식장 밖으로 쫓겨나면서도 화물차 아저씨들은 기세를 꺾지 않았다.

"동료의 죽음을 사적으로 이용하지 마시라고요!"

양복 아저씨들도 기세등등하게 목청을 높였다. 아빠를 먼 곳으로 떠나보내는 자리에 어수선함이 남았다. 미아는 양복 아저씨도, 화물차 아저씨도 용서할 수 없었다.

"저 아저씨들 다시는 오지 말라고 해!"

미아가 외쳤다. 엄마는 알겠다 하고는 삼촌과 무언가 이야기를 나누었다.

그때 이후로 미아는 아빠 회사와 관련된 사람을 한 명도 볼 수 없었다. 그런데 3년이나 지난 지금, 화물차 아저씨들이 왜 엄마를 찾아온 걸까 싶었다.

"비슷한 사고가 생겼나 봐."

엄마가 어렵게 말을 꺼냈다. 미아는 단박에 눈썹을 찌푸렸다.

"트럭 몰고 가다가 사고로 물건이 다량 파손돼서 운송 기사가 전액 배상해야 한다고……."

"그래서 뭘 어쩌라고?"

미아 목소리가 삐딱했다. 엄마가 고개를 들어 미아를 보았다.

"예전부터 지속적으로 업무량 과다로 인한 사고가 있었다는 걸 이야기하고 싶대."

"그러면 뭐가 달라진대?"

아빠는 이 세상에 없었다. 그런데 이제 와서 아빠 이야기를 꺼내 달라질 게 있을까 싶었다.

"근로 환경만 바꿔도 같은 일이 더 이상 되풀이되지 않을 거라는데……."

엄마는 길게 한숨을 뱉었다. 엄마 머릿속도 복잡해 보였다. 미아는 도리질하며 방으로 들어왔다. 오늘 하루는 뒤죽박죽 엉망이었다. 답이 없는 하루. 무엇 하나 말끔한 게 없었다.

우정의 벽

미아는 어깨에 두른 가방을 풀고, 책상머리에 앉아 컴퓨터 전원을 켰다. '백세 건강'에 사례자로 출연을 약속했던 환자가 가족 반대에 부딪혀 출연을 취소했다. 병원에 다른 환자의 추천을 요청했지만 병원에서는 더 이상 도움을 주기 어렵다고 했다. 결국 제작진이 환자를 찾아야 하는 상황이었고, 그 일은 고스란히 미아에게 돌아왔다.

"환자를 어디에서 어떻게 구해요?"

깐깐하기 짝이 없는 안경 작가에게 전화를 걸어 질문을 던졌다.

"그런 건 알아서 해야지. 방송 제작 현장에서 일하려면 그 정도 일머리는 있어야 해."

안경 작가는 정 모르겠으면 단발머리 작가에게 물어보라 했다.

단발머리 작가에게 물어보라 했으면 자기도 알고 있는 것 아닌가 싶었다. 굳이 자기 입으로 말해 주지 않는 의도를 알 수 없었다.

"미아 씨, 미안!"

한 피디가 미아 앞에 스무디 한 잔을 내려놓았다. 미아는 스무디를 빨대로 쭉 빨았다. 아림 스무디보다는 못하지만 그럭저럭 기분을 풀어 주는 데는 효과가 있었다.

"골다공증 키워드로 검색해 보면 카페든 블로그든 뜰 거야. 거기 운영진한테 쪽지 보내기로 섭외해 봐."

"모레 촬영인데 그렇게 섭외해서 될까요?"

미아가 부루퉁하게 물었다.

"정 안 되면 촬영을 하루쯤 늦춰도 돼."

말을 마친 한 피디는 커피를 들고 편집실 쪽으로 몸을 돌렸다. 미아는 고개를 갸우뚱 기울였다. 납품일은 정해져 있으니 촬영이 하루라도 늦어지면 곤란할 텐데. 어찌 보면 한 피디는 아빠를 닮은 것 같았다. 남에게 싫은 소리 절대 못 하는 성격이 말이다. 복잡하게 다글거리는 미아 머릿속에 아빠까지 자리를 잡았다. 이래 가지고 섭외를 제대로 할 수 있을까 걱정이 밀려들었다.

"삼촌하고는 연락해 봤어?"

편집실에 들어서던 한 피디가 물었다. 미아는 고개를 저었다. 삼촌에게 알은체를 할 수가 없었다. 엄마에게라도 이야기하고 싶었지만 그마저도 하지 못했다. 그럴 수 있는 상황이 아니었다. 한 피디에게 삼촌과 관련된 일을 조목조목 묻고 그간의 일을 꼼꼼히 듣고 싶었지만, 급하게 처리해야 하는 일이 생겨 버렸다. 마음먹은 대로 되는 일이 하나도 없었다.

출연자를 찾아 연락을 돌리는데 단발머리 작가로부터 촬영에 필요한 소품 리스트가 넘어왔다. 소품 구입은 푸름에서 회계 일을 맡고 있는 직원이 담당했다. 워낙 작은 프로덕션이라 어쩔 수 없다고 했다. 실습을 진행할수록 미아 마음에 찬바람이 스몄다. 송출되는 영상은 화려하고 정교하기 짝이 없는데 제작 과정은 휘뚜루마뚜루 그때그때 닥치는 일을 해결해 가는 것 같았다. 작은 회사라서 그런 걸까. 그런데 미아가 일을 구하게 되면 푸름프로덕션만큼 작은 곳이 될 확률이 높지 않을까. 그런데도 하고 싶은 게 맞나. 미아에게 숙제가 던져졌다.

저녁 여섯 시 무렵, 단발머리 작가에게서 출연자가 섭외되었다는 연락이 왔다. 출연자 때문에 하루 종일 동동거렸는데 결국 미아는 헛시간을 보낸 꼴이 되었다.

"저녁 먹고 갈래?"

미아를 살피며 한 피디가 물었다. 어차피 퇴근길 지하철은 복잡할 거였다. 미아는 한 피디와 함께 자그마한 식당을 찾았다.

"어리밥상보다 못하지?"

제육쌈밥을 먹으며 한 피디가 물었다.

"저희 식당 밥 한 번도 안 드셨잖아요?"

미아가 피식 웃으며 나중에 한번 오시라 했고, 한 피디는 고개를 끄덕였다.

"아몬드호텔이요……."

미아는 조심스럽게 삼촌 이야기를 꺼냈다. 한 피디는 기다렸다는 듯 입을 열었다.

"전염병이 돌던 때 관광객이 없으니까 경영 적자가 발생했고, 그때 인원 감축을 예고했는데 호텔 직원들이 무급으로 일하며 버티었다고 해. 그러는 중에 전염병이 사그라들고 호텔 경영진이 바뀌었는데, 갑자기 직원들 자리 이동이 마구 진행됐나 봐. 바뀐 자리가 마음에 들지 않으면 그만두라고 다그치면서. 거기에 항의하면서 노조를 만들었는데 호텔 경영에 방해가 된다는 이유로 노조에서 활동하는 사람들을 대거 해고시켜 버렸고 해고된 사람들은 노조 탄압을 주장하며 법원에 해고 부적합 심판을 의뢰했는데 법원에서 호텔 손을 들어 준 거야."

"왜요?"

"호텔에서 내민 자료에 따르면, 전염병 돌던 시기에 경영 적자 폭이 워낙 컸기 때문에 이후에 관광 인원이 회복되었다 해도 호텔 인원 감축은 피할 수 없다고 판단했나 봐. 또 고용 유지 중인 노조 가입자도 있어서 노조 탄압이라는 주장은 합리성이나 상당성이 없다고 판결했대."

"그럼 앞으로는 어떻게 되는 거예요?"

미아 목소리에 염려가 담겼다. 어깨띠를 두르고 오른 주먹을 높이 들어 올리던 삼촌 얼굴이 또렷하게 떠올랐다.

"아주 길고 험한 싸움이 될지도……."

한 피디 목소리에 기운이 뚝 떨어졌다. 동시에 미아는 숟가락을 내려놓았다. 밥맛이 없어졌다.

"그래도 결국에는 잘될 거야. 해고당하신 분들 이야기 하나하나 들어 보면 호텔 쪽에서 잘못한 게 너무나 명백하거든. 잘못을 바로잡으려는 사람들은 승리해야 해. 그게 정의로운 사회일 테니까."

한 피디가 목소리에 바짝 힘을 넣었다. 눈동자도 반짝 빛났다. 알 수 없는 믿음이 한 피디에게 머물렀다. 미아는 빤히 한 피디를 바라보았다. 한 피디가 히죽 웃으며 말했다.

"응원해 드려. 그럼 삼촌도 힘이 날 거야."

한 피디 말을 곱씹으며 미아는 다시 숟가락을 잡았다. 잘못을 바로잡으려는 사람. 한 피디는 삼촌이 그런 사람이라고 말했다. 그렇다면 삼촌이 이겨야 했다.

늦은 저녁, 지하철에 몸을 싣고 미아는 휴대폰을 열었다.

- 삼촌, 뭐 해?
- 아!

미아 물음에 삼촌은 쉽게 답을 하지 못했다. 뭐라고 할까 고민

하나 싶었다. 그냥 알은체하는 게 좋을 것 같았다.

- 호텔 경영진 면담은 잘됐어?

미아가 메시지를 보내자 삼촌이 전화를 걸었다. 삼촌은 놀란 듯했다.

"나 지금 실습 중이잖아."

미아는 삼촌에게 촬영 보조하러 아몬드호텔에 갔다가 삼촌을 봤다고 말했다. 그리고 힘내라고 했다.

"나 삼촌 편이야."

"허허, 고맙다."

삼촌이 웃었다. 웃음 끝이 허탈하기는 했다.

"또 보게 되면 알은체할 거야."

"또 오게?"

삼촌이 물었다. 미아는 또 땜빵 촬영이 걸리면 갈 수밖에 없다고 말했다.

"그쪽도 일하기 쉽지 않구나."

"그니까! 원래 일하고 돈 버는 게 이렇게 고단한 거야?"

미아 말에 삼촌은 큰 소리로 허허허 웃었다.

"그러게 말이다. 우리처럼 가진 것 없는 사람한테는 더 야박한 것 같기도 하고 말이야."

삼촌 목소리가 조금 진지해져 버렸다. 그러려던 게 아니었는데. 미아는 아랫입술을 잘근잘근 깨물다 내지르듯 말했다.

“우리가 뭐가 없는데? 돈 조금 없는 거 빼곤 다 있다고!”

미아 외침에 삼촌은 껄껄거리며 미아 말이 다 맞다고 했다.

“다 덤비라 그래!”

미아가 힘을 실어 말했다.

“그래! 다 덤벼!”

삼촌도 목청을 높였다. 덕분에 미아 마음이 조금은 가벼워졌다. 삼촌 앞에 어떤 일이 펼쳐질지 알 수는 없지만 끝까지 포기하지 않고 힘내기를 진심으로 바랐다.

어리역에서 내려 미아는 어리밥상으로 갔다. 할머니와 엄마는 저녁 장사를 마치고 식당 정리 중이었다.

“저녁도 먹었다면서 뭐 하러 이리로 와. 집에 가서 쉬지.”

할머니가 미아를 보며 혀를 끌끌 찼다.

“같이 들어가려고.”

미아는 가방을 내려놓고 조리실로 들어갔다. 엄마가 미아를 힐끔 돌아보았다. 미아는 엄마에게도 삼촌 이야기를 하지 않기로 마음먹었다. 지금은 엄마 마음도 어지러울 거였다.

집으로 돌아와 미아는 말끔한 마음으로 침대에 누웠다. 오늘도 하루는 험난했다. 학교에 다닐 때는 그날이 그날 같아서 간혹 못 견디게 지루할 때도 있었다. 그럴 때마다 미아는 수지, 단이와 함께 매운 떡볶이를 먹고 노래방에 가서 고래고래 목청껏 노래 부르는 것으로 지루함을 떨쳐 내곤 했다. 가끔은 단이 앞에 열 손가락을 내밀고, 손톱 끝에 형형색색 매니큐어를 바르거나 네일 스티커를 붙이며 깔깔거리기도 했다.

'또 그럴 시간이 올까?'

지나고 보니 친구들과 지내던 별스럽지 않은 일상이 꽤나 아름다운 기억으로 펼쳐졌다. 당장 수지와 단이의 팔짱을 끼고 까르륵거리며 거리를 떠돌고 싶었다. 밤 열 시. 시간을 확인하고 미아는 휴대폰을 잡았다. 일요일 오후 만남을 확인해 두고 싶었다. 바로 그때 맞춘 것처럼 메시지가 왔다.

- 집이야?

수지였다. 미아는 침대 헤드에 기대앉으며 수지에게 전화를 걸었다.

"어디야?"

"퇴근……."

수지 목소리가 축 쳐졌다.

"아, 이 시간까지? 판타스틱 진짜 너무한다."

"너무 힘들어."

말끝에 수지는 한숨을 토해 냈다. 미아는 위로하고 싶었다.

“그럴 것 같아.”

“그럴 것 같은 게 아니야. 나, 진짜로 힘들다고!”

수지가 매섭게 말했다. 갑자기 삼촌 말이 떠올랐다.

“세상에 힘들지 않은 일은 없대.”

미아가 덤덤한 목소리로 말했다. 그러면 수지에게도 위로가 되리라 생각했다.

“야!”

수지 목소리가 홱 솟구쳤다.

“넌 할 만하지? 그래서 그렇게 태평하지?”

수지 목소리에 날이 섰다. 미아는 얼떨떨했다.

“야, 서수…….”

“몰라. 실습이고 뭐고 다 그만둘 거야!”

“야, 우리 아직 한 달도 채…….”

“그래. 그러니까 너는 열심히 하라고! 나는 더는 못 하겠다고!”

자기 할 말만 냅다 뱉어 내고 수지는 전화를 툭 끊어 버렸다. 미아는 휴대폰을 멍하니 쳐다보았다.

‘내가 뭘 잘못한 거지?’

수지와의 짧은 대화를 곰곰 되짚어 보았다. 아무래도 자신은 잘못한 게 없었다.

‘기가 막혀!’

절로 콧방귀가 나왔다. 3년 동안 믿고 의지하며 함께했던 시간이 통째로 날아가 버린 것 같았다. 허무했다. 간신히 가라앉았던 마음이 다시 부글부글 끓어올랐다.

"야, 너만 힘든 줄 알아?"

삼촌에 아빠 일까지 겹치며 미아 마음도 누구 못지않게 흔들리고 있던 참이었다. 그런 줄도 모르고 수지는 자기감정에 빠져 우정의 벽을 와르르 무너뜨렸다. 미아의 일상 같은 건 안중에도 없었다. 미아는 휴대폰을 베개 아래 밀어 넣고 눈을 감았다. 시끌거리는 가슴을 잠으로 재워 버리고 싶었다.

어지러운 마음

촬영 준비해야 하는데 마음이 영 잡히지 않았다. 삼촌도 아빠 때문도 아니었다. 팽하니 전화를 끊어 놓고 수지는 연락이 없었다. 모르는 척 그냥 연락해 볼까. 미아 마음은 연신 들썩거렸다.

그럭저럭 일을 마치고 미아는 지하철에 올랐다. 내일은 하루 종일 병원을 돌면서 촬영해야 한다. 그러면 잡생각은 끼어들 틈이 없을 거다. 그만큼 시간은 흘러갈 거고 수지와 화해할 시간은 늦춰질 거였다.

"아쉬운 쪽에서 연락하는 거랬어."

어리밥상으로 향하며 미아는 휴대폰을 잡았다. 아직 여섯 시가 되지 않았으니 수지는 실습 중일 거였다. 수지 말대로 당장 그만두지 않았다면 말이다. 미아는 수지, 단이와 함께 있는 단톡방을 열었다. 뭐라고 쓸까 망설이다가 단이에게 따로 메시지를 보냈다.

- 퇴근 중
- 역시 푸름은 제대로 실습!

단이는 빛의 속도로 답을 보내왔다.

- 수지랑 연락한 적 있어?

단이에게 질문을 던지자마자 전화벨이 울렸다. 미아는 걸음을 멈추고 전화를 받았다.
"너희 싸웠냐?"
단이가 다짜고짜 물었다.
"아니!"
미아는 수지와 싸우지 않았다. 일방적으로 쏟아 내는 수지의 화를 받아 주지 않았을 뿐.
"수지가 뭐라고 그래?"
"어젯밤에 전화 왔었어."
"언제?"
"열 시 반쯤?"
미아랑 통화하고, 단이에게 바로 전화를 건 모양이었다.

“뭐라는데?”

미아가 뾰로통하게 물었다.

“대학 입시 준비하는 거 어떠냐 묻던데?”

단이는 명쾌하게 답했다. 하지만 미아의 마음은 까칠해졌다. 결국은 수지도 대학으로 진로를 바꾸려나 싶었다. 미아는 아랫입술을 질끈 깨물며 하늘을 보았다. 땅거미가 내려앉은 하늘은 미아의 마음 같았다.

“학교에서 판타스틱에 들르겠다 했는데 방문은커녕 연락 한 통 없대.”

“진짜?”

왜 그랬을까. 분명히 조치를 취하겠다 했는데 말이다.

‘나한테는 왜 그런 얘기를 안 한 거지?’

동시에 서운한 마음이 들었다. 미아는 운동화 앞코로 땅바닥을 툭툭 치며 단이 목소리를 들었다.

“피디들 책상 정리에 탕비실 청소까지 몽땅 수지한테 넘긴다는데, 그런 게 진짜 교육의 연장이야?”

단이가 사납게 물었다.

“당연히 아니지!”

적어도 푸름에서는 미아에게 그런 일을 시키지 않았다. 이건 판타스틱의 문제였다.

“자퇴하고 싶대.”

“자퇴?”

미아가 머리를 반짝 쳐들며 소리를 높였다. 졸업까지 석 달도 남지 않았는데 실습 때문에 자퇴라니? 말도 안 되지 싶었다.

“그건 절대 안 된다고 내가 말렸어. 같이 졸업하자고.”

“잘했다.”

“오늘 담임쌤한테 수지 얘기를 하려고 했는데, 병가 내셨다 해서 못 만났어.”

단이 목소리에 걱정이 가득했다. 그만큼 수지 상태가 좋지 못한 듯했다. 미아는 꽁했던 마음을 풀기로 했다. 지금은 실습 중일 수 있으니 이따가 수지도 조금 편안해졌을 시간에 연락해 보기로 마음먹었다. 하지만 어리밥상에서 저녁 먹고, 집에 들어와 이것저것 정리하다 보니 시간이 훌쩍 지나 버렸다. 연락하기에는 너무 늦은 시간이 되어 버렸다.

촬영 보조하느라 정신없는 하루를 보내고 다시 아침을 맞았다. 오늘은 영상 편집이 진행되는 날이라 미아는 오후 두 시까지 사무실에 나갈 참이었다. 수지를 생각하며 휴대폰을 잡았다. 아침 아홉 시 이십 분. 수지는 지금 지하철에 몸을 싣고 판타스틱으로 향하고 있을 거였다. 어쩌면 판타스틱 사무실에 가방을 벗어 두고 이리저리 뛰어다니고 있을지도 몰랐다. 그런 수지와 여유롭게 통화를 하기는 어려울 것 같았다. 미아는 수지에게 연락하고픈 마음을 접어

두기로 했다. 피식 한숨이 새어 나왔다. 생각이 왜 이리 복잡해졌나 싶었다. 이것도 어른이 되어 가는 과정일까. 어른들은 단순하지 않으니까.

"모르겠다!"

미아는 자리를 털고 일어났다. 얼굴을 씻고 편안한 차림으로 집을 나섰다. 어리밥상에서 할머니, 엄마와 수다를 떨며 아점을 먹고 푸름에 가야지 싶었다. 어느샌가 푸름이 편해졌다. 무슨 일에서든 미아 편에 서 주는 한 피디 덕인 것 같았다. 수지에게도 한 피디 같은 사람이 있었으면 얼마나 좋았을까 싶었다.

미아는 어리밥상 조리실 바로 옆 탁자에서 늦은 아침상을 받았다. 할머니는 누룽지를 끓여 미아 앞에 자리를 잡았다. 미아는 촬영장에서 있었던 일을 종알종알 떠들어 댔다. 할머니 얼굴에 웃음이 피어나고 엄마 몸짓에도 평온함이 느껴졌다. 그때 어리밥상 문이 드르륵 열리고, 여섯 살 마리가 쪼르르 달려왔다.

"할머니!"

"아니, 네가 이 시간에 여긴 웬일이야?"

할머니는 마리를 품에 안으며 두 눈을 휘둥그레 떴다. 마리 뒤로 숙모가 따라왔다. 숙모는 삼촌이 이탈리아에서 요리 공부 할 때 만난 이탈리아 사람이었다. 한국어가 아직 서툴렀다.

"언니, 부민이 어떡해요?"

숙모가 울음 섞인 목소리로 말했다.

"부민이가 왜?"

엄마가 숙모 어깨를 감싸안으며 자리에 앉혔다.

"부민이……."

숙모는 삼촌 이름만 연거푸 뱉어 낼 뿐 다른 말이 없었다.

"안 되겠다."

할머니가 휴대폰을 집어 들었다. 삼촌에게 전화를 걸 모양이었다. 엄마가 할머니 휴대폰을 빼앗았다. 그리고 자신이 통화하겠다 나섰다. 그때 미아 휴대폰이 울렸다. 한 피디였다.

"아몬드호텔로 와 줄 수 있어?"

한 피디가 다급하게 말했다. 미아는 곧장 알겠다 대답하고 어리 밥상을 나섰다. 할머니와 숙모가 걱정되었지만 하는 수 없었다. 그보다는 삼촌이 더 궁금했고, 삼촌의 일을 알아보려면 아몬드호텔로 가는 게 가장 빨랐다.

- 피디님, 무슨 일인지 알려 주실 수 있어요?

지하철을 타고, 미아는 한 피디에게 메시지를 보냈다. 무슨 일인지 알고는 가야 할 것 같았다.

- 경영진과 면담 결렬. 해고 노동자들 강경 투쟁 돌입한대

한 피디 답을 읽는데 손가락 끝이 달달 떨렸다.

- 강경 투쟁이 뭐예요?
- 뭔지는 가서 봐야 알 것 같아. 현장 복잡할 테니까 지난번처럼 주변 스
  케치만 해 줘. 액션캠 가져왔어
- 네!!

메시지를 보내고, 미아는 길게 숨을 뱉었다. 튀어나올 것 같았던 심장이 제자리를 찾은 것 같았다. 다시 메시지가 왔다.

- 삼촌 일이라 궁금해할 것 같아서 함께 하자 한 거야. 괜찮지?
- 당연히요. 고맙습니다!

미아는 한 피디에게 진심을 담아 메시지를 보냈다.

- 도착하면 호텔 뒷문 쪽으로 와

한 피디는 벌써 도착한 것 같았다. 미아는 마음이 급했다.

버스가 아몬드호텔 앞에 닿았다. 호텔 앞에는 노란 어깨띠를 두른 사람들이 줄 맞춰 있었고, 맨 앞줄에 어김없이 삼촌이 있었다. 호텔에서 나온 직원들은 겹겹이 줄을 선 채 호텔 문 앞을 가로

막고 있었고, 어깨띠 사람들 뒤로는 전에는 보지 못했던 한 무리의 사람들이 뒷벽처럼 서 있었다. 그들 사이로 카메라를 들고 있는 한 피디와 지난번에 얼핏 보았던 선배 피디가 보였다. 오늘은 선배 피디도 함께 촬영을 하는 모양이었다. 그만큼 일이 다급한가 싶었다. 미아는 부리나케 한 피디에게 다가갔다.

"아, 갑자기 다들 모여서 시작했어. 가방 옆 주머니에 액션캠."

한 피디가 어깨에 메고 있는 카메라 가방을 가리켰다. 미아는 얼른 액션캠을 꺼냈다.

"길 건너에서 줌으로 당겨서 찍어 줘. 여기는 사람이 몰려 있어서 좀 위험할 수 있거든."

한 피디가 말을 마치고 호텔 문 쪽으로 다가갔다. 거기로 가면 삼촌이 잘 보일 거였다. 미아는 지금 삼촌 눈에 뜨이는 게 삼촌에게 도움이 될까 생각했다. 아닐 것 같았다. 오히려 삼촌 마음을 흔들어 일을 그르칠 수도 있었다. 삼촌에게 알은척은 나중으로 미뤄야 할 것 같았다. 미아는 한 피디 말대로 액션캠을 들고 호텔 앞 큰길을 건넜다.

"호텔 경영진은 우리와의 약속을 일방적으로 파기하였으며, 더이상의 면담은 없다고 못 박았습니다."

스피커를 타고 삼촌 목소리가 울렸다. 지난번과는 달리 어깨띠 사람들은 자그마한 스피커와 마이크를 준비했다.

"당장 해산하세요. 그러지 않으면 경찰 부를 겁니다."

호텔 쪽에서는 지난번과 같은 말을 되풀이했다.

"저희 생존이 달린 문제입니다. 해고 노동자를 더 이상 범법자 대하듯 하지 말아 주십시오."

삼촌 목소리가 카랑카랑했다. 그 뒤로 몇몇 사람들이 마이크를 쥐고, 호텔 쪽에서 벌인 일들을 줄줄줄 읊었다. 대부분 한 피디에게서 들은 얘기였다.

"오늘 저희 해고 노동자 십오 인을 대표해서 다섯 명의 동지가 삭발 투쟁을 단행합니다."

어깨띠 두른 아주머니가 울음 섞인 목소리로 외쳤다. 이윽고 호텔 앞에 의자 다섯 개가 놓였다. 그리고 삼촌을 비롯한 아저씨 다섯 사람이 의자 앞으로 나섰다. 미아의 심장이 고장 난 듯 펄떡거렸다. 그래도 카메라를 놓을 수는 없었다. 미아는 삼촌을 향해 액션캠을 고정했다.

"요구 조항이 받아들여질 때까지 저희는 이곳에서 멈추지 않고 불법 해고, 노조 탄압에 저항하는 투쟁을 이어 가겠습니다!"

삼촌 말이 끝나자 어깨띠 사람들과 그 뒤에 서 있던 사람들이 지지의 함성을 질렀다. 삼촌과 아저씨 네 명이 의자에 앉았다. 그 뒤로 또 다른 사람들 다섯이 나와 하얀 커트 보자기를 다섯 사람의 어깨에 둘렀다.

"해고 노동자 복직, 노조 탄압 철회! 저희 이야기를 들어 주십시오."

어깨띠 아주머니 목소리가 울려 퍼지면서 의자에 앉은 사람들 머리카락이 드르륵 밀리기 시작했다. 길 건너에서 미아는 바짝 줌을 당겼다. 삼촌은 불끈 쥔 두 주먹을 무릎 위에 올려놓은 채 두 눈을 꾹 감고 단단한 얼굴로 머리카락이 뚝뚝 떨어져 나가는 걸 견디고 있었다. 어리밥상에서 삼촌 이름만 연거푸 부르던 숙모가 생각났다. 지금 삼촌 머릿속에도 숙모와 마리 얼굴이 끊임없이 맴돌고 있을 거였다.

무단결근

머리카락을 박박 밀어 버린 삼촌은 호텔 앞에 펼쳐 놓은 텐트 안에 자리를 잡았다. 오늘 함께 삭발한 사람들은 두 명씩 짝을 이루어 텐트에서 교대로 농성을 이어 갈 거라 했다. 그들이 요구하는 것은 단순했다. 하지만 호텔은 법원 판결 이후 지금까지 모르쇠로 일관하고 있다고 했다. 철저하게 무시하는 거였다.

"괜히 오라 했나?"

한 피디가 미아 눈치를 살폈다. 미아는 아니라며 고개를 저었다. 숙모 때문에 삼촌에게 심상치 않은 일이 일어났음을 알아차린 미아였다. 삼촌 일을 가까이에서 직접 볼 수 있어 속은 시원했다. 가슴은 답답하지만 말이다.

- 삼촌, 걱정 마. 잘될 거야

조수석에 앉아 미아는 삼촌에게 메시지를 보냈다. 알맹이가 없는 말이기는 했지만 달리 할 말이 없었다.

- 식구들한테는 내가 잘 설명할게

차라리 이편이 삼촌에게 힘이 될 것 같았다. 삼촌은 껄껄 웃는 이모티콘을 미아에게 보내왔다. 고맙다는 말도 잊지 않았다.

- 잘 챙겨 먹어. 건강 해치면 안 돼
- 넵! 명심하겠습니닷!

삼촌이 장난스럽게 대꾸했다. 앞으로 길고 지난한 싸움이 될 거였다. 미아는 삼촌이 기운을 잃지 않았으면 싶었다.

"그래도 함께하는 사람들이 있으니까 괜찮을 거야."

한 피디가 나직하게 말했다. 어깨띠를 두른 사람들 뒤로 무리 지어 있던 이들이 떠올랐다. 그들은 호텔 해고 노동자들이 말하는 걸 열심히 듣고 함께 호응하며 뒤를 지켰다. 그중 한 사람은 마이크를 잡고, 호텔 쪽의 잘못된 처사를 맹렬히 비난했다.

"피디님도 함께하려는 거지요?"

미아가 물었다. 한 피디는 고개를 주억거리며 입꼬리에 힘을 넣었다. 오늘 한 피디는 하루 종일 편집기를 붙잡고 있어야 할 일정이었다. 그런데도 굳이 카메라를 들고 호텔을 찾았다. 다큐멘터리 만든다는 선배 피디가 촬영을 하고 있는데도 말이다.

"현장 영상은 많을수록 좋아. 그만큼 많은 목소리도 담아야 하고."

땜빵도 아닌 것 같은데 굳이 왜 나왔냐 물었을 때 한 피디는 그렇게 답했다. 그때 한 피디 눈빛은 건강 프로그램을 만들 때와 확연히 달랐다. 의지가 담겨 있는 것 같았다. 오늘 밤, 건강 프로그램 편집을 하느라 꼬박 밤을 새우게 되었어도 말이다.

"지금 호텔에서 벌어진 일들은 단지 그들의 일에 그치는 게 아니야. 사람을 사람으로 대하지 않고 돈벌이에 필요한 기계로 대하는 이용자가 있는 한 누구에게든 일어날 수 있는 일이지. 그래서 모른 척하지 않으려고 해. 백지장도 맞들면 낫다는 말을 믿거든."

주차하고, 차에서 내리며 한 피디가 말했다. 미아는 한 피디를 보며 고개를 끄덕였다. 일을 주먹구구식으로 처리하는 곳이라 해도 때때로 자신의 소신을 지키며 하고 싶은 것을 만들어 갈 수도 있는 공간, 그게 푸름인 것 같았다. '푸름' 같은 곳이라면 미아도 자신의 꿈을 펼쳐 볼 수 있을 듯했다.

"오늘 세 시간만 근무하기로 했는데 일찍 나오는 바람에 또 오버했네."

사무실에 들어서며 한 피디가 말했다. 어느새 다섯 시가 다 되어 갔다.

"그러니까요. 근무 시간이 너무 멋대로예요."

미아가 머리를 흔들며 입을 삐죽거렸다.

"내일은 그냥 쉬어. 어차피 나는 계속 편집하다가 시사하러 갈 거니까."

"시사하러 갈 때 저 없어도 돼요?"

촬영 스크립트부터 프리뷰 노트까지 본사 담당 피디에게 영상본을 검수받으러 들어갈 때면 챙겨야 할 서류가 꽤 많았다. 그걸 한 피디 혼자 다 챙기도록 놔둬도 될까 싶었다. 물론 푸름에 딱 한 명 있는 조연출이 챙길 수도 있을 거였다. 하지만 미아가 들어온 뒤로 조연출은 건강 프로그램에서 거의 손을 뗀 것 같았다. 그만큼 자신을 미더워하는 것 같아 싫지는 않았다.

"내일 나올게요. 대신 네 시쯤 와도 되죠?"

"아유, 그럼 땡큐지."

한 피디가 껄껄 웃었다. 미아도 피식 웃으며 촬영 장비를 꺼냈다. 장비 정리 마치고, 실습 일지 쓴 다음 집으로 가야지 싶었다. 집에는 아직 숙모와 마리가 있을 거였다. 둘에게 아니, 할머니와 엄마를 포함한 식구들 모두에게 삼촌 일을 설명해야 했다.

한창 일지를 쓰고 있는데 휴대폰이 울렸다. 미아는 연신 울려대는 전화벨을 모른 체하고 싶었다. 얼른 일 마치고 들어갈 생각에 마음이 급했다. 하지만 전화벨은 끊기지 않았다. 미아는 컴퓨터 자판에 손을 올린 채 휴대폰을 보았다. '담임쌤'이라는 글자가 선명했다. 미아는 눈살을 찌푸리며 스피커폰 모드로 전화를 받았다.

"실습 끝났니?"

담임이 다급하게 물었다.

"네. 일지 쓰는 중이었어요."

"아, 그렇구나……."

담임이 머뭇거렸다. 말을 할까 말까 고민하는 듯했다.

"왜요?"

미아가 짤막하게 물었다. 그러면서도 손가락은 자판 위를 더듬었다. 일지도 마무리 단계였다.

"수지가 오늘 결근했다네."

담임 말끝에 한숨이 묻었다. 미아는 자판에서 손가락을 떼고, 책상에 놓아둔 휴대폰을 잡았다. 스피커폰 모드도 해제했다.

"말도 없이요?"

"응. 어제 일찍 퇴근해 버리더니 오늘 무단결근."

"아……!"

잔뜩 열이 올랐던 수지 목소리가 떠올랐다.

"너도 모르는 모양이구나."

담임이 전화한 이유를 알 것 같았다.

"수지 집에서는 뭐래요? 연락해 보셨어요?"

“응. 근데 아침에 출근한 줄 알고 계셔서 자세히는 이야기 못 했어.”

아침에 집에서 나갔다면 하루 종일 어디에서 무얼 하고 있는 걸까. 순식간에 수지 생각이 미아 머릿속을 꽉 채웠다.

“혹시 갈 만한 곳 있을까?”

딱히 떠오르는 곳은 없었다. 그래도 찾아야 했다.

“찾아볼게요.”

담임에게 짧게 답하고 미아는 곧장 수지에게 전화를 걸었다. 곧 전원이 꺼져 있다는 안내가 나왔다. 미아 마음이 허둥거리기 시작했다.

“저, 일이 생겨서 내일 못 나올 수도 있어요!”

편집실에 앉아 있는 한 피디에게 외치고, 미아는 푸름을 빠져나왔다.

- 수지한테 연락 왔어?

엘리베이터 앞에서 미아는 단이에게 메시지를 보냈다.

- 아니

이내 단이의 답장이 왔다. 미아는 단이에게 전화를 걸어 담임에게 들은 이야기를 전했다.

"진짜? 아니, 어딜 간 거지?"

단이가 열을 냈다.

"지금 같이 찾아볼 수 있어?"

"당연하지."

둘은 일단 아림에서 만나기로 했다.

"수지 안 왔는데?"

아림 사장님이 어리벙벙한 얼굴로 답했다. 미아와 단이는 황급히 아림을 빠져나왔다.

"어디로 갈까?"

단이가 물었다. 어느새 거리에는 어스름이 깔리기 시작했다. 미아는 다시 수지에게 전화를 걸었다. 역시나 수지 전화기는 꺼져 있었다.

"일단 이 근처부터 뒤져 보자."

학교에 다니는 3년 동안 수지와 가장 많은 시간을 보낸 사람이 미아와 단이였다. 둘은 셋이 스트레스를 받을 때마다 찾아갔던 떡볶이집부터 노래방, 뽑기방까지 차례로 훑었다. 하지만 어디에서도 수지의 흔적은 찾을 수 없었다.

띠링, 미아 휴대폰에 알람이 울렸다.

- 서수지, 지금 어딨어?

단이가 셋이 공유하는 단톡방에 메시지를 올렸다. 어차피 수지 휴대폰은 꺼져 있었다. 그래도 단이는 메시지를 남기고 싶다고 했다.

"우리가 얼마나 애태우고 있는지 서수도 알아야 해."

단이 목소리에 물기가 묻었다.

- 서수, 내가 많이 미안하다

미아도 수지에게 건네고 싶은 말을 단톡방에 남겼다.

"야, 이게 뭐야?"

휴대폰을 들여다보며 단이가 인상을 썼다.

"마지막 인사 같잖아."

"그런 거 아니야."

미아가 짧게 답했다.

"그럼 갑자기 뭐야. 뭐가 미안한데?"

"그날 수지랑 통화하고, 그 뒤로 연락을 못 했어."

들어 줘야 했다. 평소의 수지답지 않게 냅다 성질부리는 그 순간의 감정을 충분히 듣고, 감싸 줘야 했다. 그렇게 어려운 일도 아닌데 그걸 하지 못했다는 게 미아는 화가 났다. 단이는 후욱 한숨을 뱉었다. 그러고는 두 눈을 뒤룩뒤룩 굴리며 하늘을 보았다. 어둠은 성큼성큼 겁도 없이 다가왔다.

“아직 집에 안 왔겠지?”

단이가 막막한 목소리로 물었다. 미아는 고개를 끄덕였다. 실습 시작하고 수지는 날마다 밤늦게 퇴근했다. 수지 성격에 자기 엄마 걱정시키는 행동은 하지 않았을 거였다.

“중앙공원에 가 볼까?”

미아가 물었다. 학교 뒤쪽에 있는 중앙공원은 꽤 넓은 부지에 키 큰 나무가 터널을 이루고 가운데에는 널찍한 호수가 조성되어 있어서 영상물 제작 과제할 때 종종 찾아갔던 곳이다.

“거기 있을까?”

“나라면!”

하릴없이 시간을 때워야 하는 상황이라면 그곳이 적당할 것 같았다. 미아는 단이와 함께 큰길을 건넜다. 그리고 학교를 둘러 중앙공원으로 향했다.

“여기 있으면 좋겠다, 제발.”

발짝을 옮기며 단이가 간절하게 중얼거렸다. 치솟는 걱정을 다독이는 듯했다.

“넌 오늘 공부 못 해서 어쩌냐?”

“뭐, 올해 수능 망치면 내년에 보면 되지.”

단이가 대수롭지 않게 반응했다. 순간 미아 마음이 울컥했다. 단이가 이런 친구라서 고마웠다.

공원을 둘러싸고 있는 큰 나무 터널 뒤로 은빛 가로등이 반짝였다. 그 아래로 운동 나온 사람들이 제법 많았다.

"여기에도 없으면 어떡하지?"

단이 목소리가 불안하게 흔들렸다.

"또 다른 데로 가 봐야지. 찾을 때까지 아무것도 못 해!"

미아는 야무지게 답했다. 자신까지 함께 흔들릴 수 없었다.

"회사 근처는 안 갔겠지?"

나무 터널 아래를 지나며 단이가 물었다. 미아 생각에도 가기 싫은 곳 근처를 굳이 갔을 것 같지는 않았다.

"안 되면 담임쌤한테 수지네 집 주소 물어서 집에도 가 보고, 수지가 다닌 중학교도 가 보고……."

이리저리 머리를 굴리며 걸음을 옮기는데, 단이가 미아 팔을 덥석 잡았다. 화들짝 놀라 단이를 돌아보는데 호숫가 나무 의자에 낯익은 뒷모습이 보였다.

"야! 서수!"

단이가 외쳤다. 의자에 앉아 있던 낯익은 뒷모습이 고개를 돌렸다. 수지가 맞았다. 미아는 부리나케 수지에게로 뛰어갔다.

"야, 너희……."

미아에게 안기며 수지는 덜덜 떨리는 목소리로 입을 열었다. 말은 잇지 못했다.

"미안해, 수지야!"

미아가 불쑥 사과했다. 수지는 고개를 절레절레 저었다. 그러고

는 뚝 눈물을 흘렸다. 하루 종일 울고 있었는지 얼굴이 온통 물기로 덮였다.

"뭐 좀 먹기는 했어?"

미아 물음에 수지는 또 도리질을 했다.

"먹으러 가자!"

단이가 수지 팔을 잡았다. 하지만 수지는 싫다고 했다. 먹고 싶은 것도, 하고 싶은 것도 없다고 했다.

"왜, 서수, 네가 왜?"

미아가 수지 손을 있는 힘껏 잡는 순간 수지가 고통스러워하며 자기 손을 빼냈다.

"왜 그래?"

미아가 놀란 눈으로 수지 손을 살폈다. 수지 손은 퉁퉁 부어 있었다.

"왜 이래?"

단이도 물었다.

"다쳤어……."

"어디에서? 어쩌다가?"

미아가 쇳소리를 내며 닦달했다. 수지는 얕게 한숨을 내쉬며 호수를 바라보았다. 달빛이 내려앉은 호수는 고요하기 짝이 없었다. 미친 듯이 당혹스러운 미아 마음과는 영 딴판이었다.

함께하는 사람들

어제 오후 다섯 시 무렵이었다. 별다른 일이 없던 참이라 수지는 모처럼 제시간에 퇴근하려고 책상을 정리하고 있었다. 그런데 배우 에이전시의 국장과 팀장이 판타스틱을 찾아왔다. 드라마제작 3팀장이 맨 먼저 뛰어나가 손님을 반겼다. 수지 옆에 있던 조감독이 제작 3팀에서 준비하고 있는 드라마의 주연급 배우가 해당 에이전시 소속이라고 알려 줬다. 제작 3팀 입장에서는 잘 관리해야 하는 손님이었다.

"이 현장에서는 인마, 손님 대접하는 일도 엄청 중요한 거야. 사람과 사람이 하는 일이다, 그 말이야. 똑똑하다 했으니 무슨 말인지 알지?"

실습 초기, 수지가 드라마제작 3팀장에게서 가장 많이 들은 말이었다. 때문에 수지는 판타스틱 드라마제작국에 손님이 오면 발딱 몸을 일으켰다. 싫다고 저항할 수 없었다.

드라마제작 3팀장의 주문은 또 있었다. 웃을 것!

"죽상 하고 있는 사람한테 일을 주고 싶겠어? 일을 맡기고 싶겠냐고? 웃어! 그게 이 바닥에서 살아남을 수단이야."

팀장은 마치 대단한 노하우라도 알려 주는 양 수지에게 웃음을 강요했다. 수지는 드라마제작국장실 앞에서 입꼬리를 올리며 표정을 관리했다. 그리고 똑똑 문을 두드리고, 국장실에 들어가 손님들에게 차 주문을 받았다.

탕비실로 돌아와 수지는 에이전시 국장이 주문한 아이스 아메리카노와 드라마제작국장이 늘 마시는 페퍼민트차를 준비하고, 양쪽 팀장이 마실 에스프레소를 내렸다. 손님이 오면 늘 제공하는 쿠키까지 가지런히 담아 드라마제작국장실에 다시 들어갔다. 국장실 회의 탁자에는 에이전시에서 가지고 온 여러 배우의 프로필이 놓여 있었다. 수지는 프로필을 피해 에이전시 국장이 주문한 아이스 아메리카노를 내려놓았다.

"여기 실습생이라면서?"

에이전시 국장이 수지에게 말을 붙였다. 그런데 허리 쪽으로 체온이 느껴졌다. 국장 손이 수지 허리를 감쌌다.

"어엇!"

깜짝 놀라 피하다가 아이스 아메리카노가 탁자 위로 쏟아졌다.

에이전시 국장이 허리를 세우며 뒤로 물러났고 옆에 있던 에이전
시 팀장이 프로필을 챙겨 들었다.

"뭐 하는 거야?"

드라마제작 3팀장이 벼락같이 소리를 질렀다.

"아니, 손이……."

"손이 뭐?"

수지가 에이전시 국장을 쳐다보는데, 국장이 얼굴을 붉히며 버
럭 소리쳤다.

"손이 뭐 어쨌다고?"

판타스틱 드라마제작국장도 험악한 얼굴로 수지를 보았다.

"제 허리를 만졌다고요!"

수지도 빽 소리를 높였다. 얼렁뚱땅 넘기고 싶지 않았다.

"내가? 널?"

에이전시 국장이 기가 막힌다는 듯 콧방귀를 뀌었다.

"야, 사과해!"

제작 3팀장이 수지에게 삿대질을 했다.

"제가 왜요?"

수지는 두 눈에 바짝 힘을 넣었다.

"내가 너 같은 애송이를 뭐 하러 만져?"

에이전시 국장이 자리에서 벌떡 일어나 수지를 윽박질렀다. 에
이전시 팀장은 수지를 비웃으며 도리질을 했다. 봉변당한 사람은

수지인데 에이전시 사람들이 더 기막혀했다. 수지는 더 이상 그 자리에 머물고 싶지 않았다. 팽하니 몸을 돌리는데 누군가의 손이 억세게 수지를 잡았다.

"사과하라고!"

수지의 현장 실습을 관리해야 하는 사람, 제작 3팀장이었다.

"너, 여기에서 그냥 가 버리면 끝이야."

드라마제작국장도 엄포를 놓았다. 수지는 고개를 돌려 우두커니 서 있는 어른들을 천천히 훑어보았다. 국장과 팀장의 직함을 갖고 있는 사람들이었지만, 그들의 직함이 우스워 보였다. 앞으로도 이런 사람들과 일을 해야 한다면, 차라리 끝내고 싶었다. 수지는 냅다 몸을 돌렸다. 그러자 제작 3팀장이 수지 손을 거칠게 잡았다.

"놔요!"

수지가 소리쳤다.

"이게 어디에서 깽판을!"

제작 3팀장이 수지의 손을 비틀었다. 그리고 연신 사과를 강요했다.

"싫어, 싫다고!"

수지가 소리를 지르자, 밖에 있던 사람들도 국장실 쪽으로 몰려들었다.

"그만둡시다!"

에이전시 국장이 얼굴을 붉히며 국장실을 빠져나갔다.

“너, 이게 뭐 하는 짓이야!”

제작 3팀장이 수지 손을 놓으며 수지를 떠밀었다. 수지 몸이 바닥에 쿵 떨어졌다. 국장실 앞에 판타스틱 사람들이 여럿 있었지만 누구 하나 수지에게 다가오지 않았다. 수지 편은 단 한 명도 없었다. 그길로 수지는 판타스틱을 나와 버렸다.

“그만둘 거야.”

수지가 말했다.

“그래, 그만둬. 아니야. 그만두는 걸로는 모자라. 따져야 해.”

미아가 목청을 높였다. 단이도 힘껏 고개를 끄덕였다.

“증거가 없어.”

수지 목소리에 맥이 풀렸다. 수지는 하루 종일 판타스틱에서의 일을 어떻게 처리할 수 있을까 알아봤다고 했다. 하지만 증거가 없었다. CCTV든 목격자 진술이든 수지의 말을 입증해 줄 무언가가 필요했지만, 사무실에 CCTV는 당연히 없었고 그 자리에 있었던 누군가 실습생을 위해 나서 줄 리도 없었다.

“그렇다고 그냥 있을 수는 없잖아!”

미아는 방법을 찾고 싶었다. 여기에서 그냥 물러나는 쪽을 선택하면 같은 일은 또 벌어질 거였다. 어리고 힘없는 학생이라는 이유로 나쁜 어른들에게 무작정 휘둘려야 하는, 거지 같은 일이 말이다.

“알리자!”

미아가 짧게 말을 끊고는 수지와 단이를 둘러보며 말을 이었다.

“우리가 전공한 게 뭐야. 방송 미디어, 영상 제작이잖아.”

“좋아. 학생이 현장 실습 나가서 터무니없는 일을 당하는데도 방관만 하고 있는 학교 쪽 얘기도 사람들한테 알리자.”

단이가 미아 말에 힘을 보탰다.

“야…….”

수지가 젖은 눈으로 미아와 단이를 보았다. 죽어 가던 얼굴에 생기가 도는 것 같았다. 문득 한 피디의 말이 떠올랐다.

“함께하는 사람들이 있으니까 괜찮을 거야.”

어쩌면 수지에게도 함께할 사람이 필요했을지 몰랐다.

셋은 미아네 집으로 향했다. 학교와 판타스틱에 어떤 식으로 항의할 것인지 구체적으로 계획을 세워야 했고, 이런 일은 빠르면 빠를수록 좋았다. 그런데 문제가 있었다. 미아네 집에는 여전히 두려움에 떨고 있는 숙모와 마리가 있었고, 지금껏 삼촌에게 일어난 일을 알지 못했던 할머니가 어깨를 축 늘어뜨린 채 넋을 놓고 있었다. 미아는 수지와 단이를 방에 들여보내고 가족들 앞에 앉았다.

“오늘 삼촌 만났어요.”

“뭐라고?”

할머니가 퀭한 눈을 크게 떴다. 꽤나 놀란 듯했다. 미아는 실습 나가는 프로덕션에서 아몬드호텔에서 벌어지고 있는 일들을 촬영하고 있다고 말했다.

“처음에는 저도 놀랐어요. 삼촌이 너무 위험한 일을 하고 있는 건 아닐까 걱정도 했고요. 하지만 잘못된 일을 말하지 않고 그냥 넘겨 버리면 잘못된 상황은 계속 반복될 거고, 결국 힘없는 사람들만 피해를 입게 될 거예요. 그런데도 입 꾹 다물고, 힘 있는 사람들이 시키는 대로 움직이면 좋겠어요?”

“그래도 미아⋯⋯.”

숙모는 불안한 얼굴로 미아를 보았다. 미아는 숙모 손을 살포시 감쌌다.

“숙모가 걱정하는 거 알아요. 하지만 누구든 나서서 꼭 바꿔야 할 일이에요.”

“그걸 왜 꼭⋯⋯!”

할머니 목소리가 부들부들 떨렸다. 미아는 고개를 돌려 할머니를 바라보았다.

“삼촌 혼자 하는 건 아니에요. 함께 싸우는 사람들도 있고, 응원하는 사람들도 많아요. 저도 피디님이랑 삼촌이 싸우고 있는 일들을 제대로 알릴 수 있도록 영상을 잘 만들 거예요.”

“아이고, 모르겠다⋯⋯.”

할머니가 한숨을 내쉬며 머리를 저었다. 미아는 할머니 어깨를 가만히 안았다.

“이런 때일수록 우리가 더 씩씩해져야 해요. 그래야 삼촌이 더 잘 싸울 수 있어요.”

"그래, 미아 말이 맞아. 잘못된 게 있으면 싸워서 바꿔야지."

엄마가 자리에서 난딱 일어났다. 그러고는 미아 방에 넣어 줄 간식을 준비하겠다 했다.

"엄마도 뭐 좀 먹자. 마리야, 고모가 뭐 만들어 줄까?"

엄마가 마리를 부르며 부엌으로 들어갔다. 보아하니 할머니도 끼니를 제대로 챙기지 못한 듯했다. 마리가 생글거리며 엄마를 따라갔다. 어른들 기운에 눌려 얌전히 앉아 있던 마리가 재잘거리기 시작했다. 무겁고 어두운 기운을 깨뜨리는 재잘거림이었다.

엄마가 만들어 준 치킨너깃을 들고 방으로 들어갔다. 수지와 단이는 책상 앞에 나란히 앉아 무엇인가를 열심히 검색 중이었다.

"동영상 하나 만들어서 SNS에 올릴까 했는데 까딱 잘못하면 명예 훼손으로 걸릴 수 있겠어."

단이가 차분하게 말했다.

"나, 진짜로 성추행당했는데! 으, 기분 나빠!"

수지가 눈썹을 찡그리며 주먹을 불끈 쥐었다. 어쨌든 성 관련 문제를 따지려면 객관적인 증거가 필요한 게 맞았다. 게다가 상대는 제법 규모가 있는 에이전시와 프로덕션의 임원들이고, 학교였다. 무턱대고 달려들었다가 역풍 맞고 침몰할 수도 있었다. 감정은 최대한 배제하고 이성적으로 조심스럽게 접근할 필요가 있었다.

"일인 피켓 시위로 시작해 볼까?"

수지에게 일어난 일을 일목요연하게 적어서 많은 사람이 오가는 길목에서 들고 있으면 분명히 관심을 끌 수 있을 거였다. 셋은 가까이에 있는 생활용품 전문점으로 향했다. 늦은 시간이었지만 하는 수 없었다. 최대한 빨리 일을 시작해야 했다.

마감 직전에 우드록과 컬러 폼 보드, 매직펜을 샀다. 그러는 새 밤 열 시가 넘어 버렸다. 수지와 단이는 부모님에게 전화를 걸었다. 영상 제작 과제할 때, 셋은 종종 미아네 집에 모여 밤을 새웠다. 하지만 오늘 셋에게 영상 제작 과제물 따위는 없었다. 대학 진학을 준비하고 있는 단이 엄마는 군말 말고 들어오라며 성화를 부렸다.

"엄마, 이건 우리한테 꼭 필요한 일이야. 대학 진학보다 더 중요한 일이라고!"

단이는 귀가 아플 정도로 쩌렁쩌렁 큰 소리로 자기 엄마를 설득했다. 단이 엄마는 영 마뜩잖은 목소리로 전화를 끊었다. 미아 엄마가 다시 단이 엄마에게 전화를 걸었다.

"아이들이 이제 아이들이 아니네요. 해야 할 일, 하지 말아야 할 일, 잘 가려서 챙기는 것 같아요."

미아 엄마는 믿어 보자며 단이 엄마를 달랬다.

"미아야."

사 온 물건들을 챙겨 방으로 들어가려는데 엄마가 미아를 불렀다. 미아는 수지와 단이를 방으로 들여보내고 엄마 앞에 섰다. 내일 새벽같이 가게에 나갈 할머니는 방에서 드르릉드르릉 코를 골았다. 마음이 복잡할 텐데 그래도 평소랑 크게 다를 바 없는 할머니가 믿음직스러웠다. 할머니를 닮은 삼촌은 잘 해낼 것 같았다. 할머니 옆에 자리를 펴고 누워 있을 숙모와 마리 때문에라도.

엄마가 거실 소파에 앉았다. 무언가 진득하게 할 말이 있는 모양이었다. 미아는 마른침을 꿀꺽 삼키고 엄마 옆에 자리를 잡았다.

"아빠 유품 말이야."

엄마가 잠시 뜸을 들이다가 어렵게 입을 열었다. 미아는 눈을 반짝이며 엄마를 보았다.

"화물 운송하시는 분들한테 드리려고."

"왜?"

"네가 아까 그랬잖아. 함께하는 사람이 있으면 힘이 날 거라고. 그리고 잘못된 일은 바로잡아야 한다며."

"아빠 돌아가신 것도 바로잡아야 할 일이었던 거지?"

질문을 던지는데 미아 목소리가 떨렸다. 어쩌면 그럴지도 모른다고 어렴풋이 생각했었다. 아빠는 어마어마한 화물을 싣고 일주일에 나흘 이상 장거리를 운전했다. 화물 회사에서 운송 회차를 늘리려고 무리하게 짠 배차였다. 그걸 알면서도 3년 전 그때에는 아무런 대처를 하지 못했다. 경찰은 졸음운전이라 했고, 화물 회사에서는 아빠가 하고 싶다고 해서 준 일이라고 강변했다. 그때 아빠의 운송 일지를 내밀며 화물 회사가 준 살인적인 스케줄을 폭로했어야 했다. 화물차 기사들이 졸음과 싸워 가며 도로를 질주하는 일은 더 이상 없어야 한다고 목소리를 높였어야 했다. 그랬더라면 아빠와 비슷한 사고로 고통 받는 사람들이 줄어들지 않았을까.

"그러자, 엄마! 아빠 때는 놓쳤지만 이제라도 잘못된 걸 바로잡을 수 있게."

미아는 엄마 손을 힘껏 잡았다. 엄마가 희미하게 웃으며 자리에서 일어났다. 그리고 수지 일도 잘 마무리되었으면 좋겠다고 말했다. 미아는 당차게 고개를 끄덕였다.

"우리, 잘 해낼 거야."

쉽지는 않을 테지만 잘 해내고 싶었다.

엄마가 미아 손을 힘껏 잡았다.

"뭐든 말해. 엄마도 같이 할게!"

"오케이!"

미아는 엄마와 눈인사를 나누고, 방문을 열었다. 수지와 단이가 만들고 있는 피켓이 선명하게 존재감을 드러냈다.

인트로

월요일 아침 일곱 시 십 분. 알람이 울렸다. 미아는 부리나케 자리를 털고 일어나 외출할 채비를 했다. 오늘은 엄마도 집에 있었다.

"딸내미 덕분에 게으름 피우니까 좋네."

엄마가 유부초밥을 만들며 미아를 보았다.

"나도 집에서 엄마가 만들어 준 밥 먹으니까 좋다!"

미아가 식탁 앞에 앉아 어리광을 부렸다. 유부초밥 접시가 비어 갈 즈음 벨이 울렸다. 인터폰에 단이와 수지가 얼굴을 디밀었다.

미아가 만들어 둔 피켓 하나를 집어 들고 현관을 나섰다.

"너, 진짜로 잘할 수 있지?"

"야, 내가 누구냐! 공단이야! 걱정 마."

단이가 큰소리를 뻥뻥 치며 피켓을 잡았다. 피켓에는 학교에 따저 물을 글귀가 가득했다.

하나, 현장 실습이 교육의 연장이라면, 그에 걸맞은
교육 프로그램과 지도자가 있어야 합니다.

둘, 현장 실습생의 근로 시간은 협약서에
적힌 대로 지켜져야 합니다.

셋, 학교는 실습 현장이 위 사항을 제대로
지키고 있는지 관리, 감독할 책무를 지닙니다.

넷, 현장 실습생을 학교의 평가 지표로 삼지 마세요.
현장 실습생은 학생이며, 분명한 인격체입니다.

"와, 누가 썼는지 아주 명쾌하다!"

단이가 피켓을 들여다보며 또 큰소리를 쳤다. 교복 재킷에 타이
까지 단정하게 차려입은 단이는 오늘 피켓을 들고, 학교 앞에서 일
인 시위를 진행할 예정이었다.

"선생님들이 쫓아와서 방해할 수도 있어."

수지가 불안한 눈빛으로 단이를 보았다.

"야, 너도 우리 반 단톡방 봤잖아. 뭐가 걱정이야?"

단이 목소리가 단단했다. 수지가 피식 웃으며 단이와 걸음을 맞췄다.

- 얘들아, 내 얘기 좀 들어 줄래?

어제 저녁, 수지는 3학년 영상미디어과 단톡방에 판타스틱에서 겪었던 일들을 짤막하게 올렸다. 미아도 단이도 미처 생각하지 못한 일이었다.

- 요즘 같은 시대에 그런 일이 벌어진다고?
- 우웩, 나 판타스틱 진짜 좋아했는데! 완전 실망!
- 학교에서 정말 모른 체한단 말이야?

아이들은 하나같이 열을 올리며 성을 냈다.

- 너희가 도와줬으면 좋겠어

수지는 오늘부터 학교와 판타스틱을 상대로 일인 시위를 진행할 거라고 말했다. 아이들은 너 나 할 것 없이 함께하겠다 약속했다.

"판타스틱에는 내가 갈 거야. 알았지?"

학교를 향해 걸음을 옮기며 수지가 미아를 돌아보았다.

"진짜 괜찮겠어?"

미아가 걱정스럽게 물었다. 수지는 고개를 끄덕였다.

금요일 밤, 피켓을 만들 때만 해도 학교 앞에서는 단이가, 판타스틱 앞에서는 미아가 시위를 벌이기로 했었다. 수지는 판타스틱 앞에 나설 자신이 없다고 했다. 자신에게 두 눈을 부라리며 폭력을 행사하던 사람들과 대면하고 싶지 않다고도 했다. 미아는 수지 마음을 충분히 이해할 수 있었다. 그래서 자신이 평소보다 한 시간 일찍 출근해서 판타스틱에 들러 피켓 시위를 진행하겠다고 했다.

"판타스틱을 상대해야 하는 일이야."

수지는 잔뜩 겁먹은 목소리로 말했다. 그래도 미아는 걱정이 없었다. 이미 마음을 먹은 일이니까.

토요일 오후에는 푸름프로덕션에 나가 건강 프로그램 시사를 돕고, 한 피디에게 수지가 겪은 일을 간략히 말했다. 한 피디는 크게 분노하며, 미아가 판타스틱 앞에서 벌이려는 일을 전폭적으로 지지해 주겠다 약속했다. 든든한 마음으로 미아는 일요일 내내 판타스틱에서의 일인 시위를 준비했다. 그런데 수지가 직접 하겠다고 나선 거였다.

"너는 푸름에서 아무 문제 없잖아. 삼촌 일도 신경 써야 하고."

“그래도 넌 아직 판타스틱 실습생이잖아.”

“그러니까 내가 할래. 내 일이잖아.”

수지가 눈을 반짝 빛냈다. 목소리에도 힘이 실렸다.

“좋아. 대신 무슨 일 있으면 바로 연락해야 해. 알았지?”

미아가 수지 어깨에 팔을 둘렀다.

“나도 연락할 거다!”

단이가 끼어들었다.

“당연하지. 아무 일 없어도 연락해!”

수지 목소리가 훌쩍 커졌다. 이전의 수지로 돌아온 것 같았다. 미아 얼굴에 함박웃음이 걸렸다.

학교 앞 횡단보도에 이르자 같은 과 아이들 몇이 수지에게로 달려왔다.

“이 일은 너 혼자만의 일이 아니야.”

“맞아! 우리도, 후배들도 그 현장에 가야 한다는 거 잊지 마.”

아이들은 앞다투어 응원의 말을 던지며 단이가 쥐고 있는 피켓을 확인했다. 그러고는 단이 가방을 받아 들었다. 단이 옆에서 함께 해 줄 모양이었다.

“학교는 걱정할 필요 없겠다.”

단이 혼자 외로울까 봐 서둘러 학교에 나왔는데 괜한 걱정이었다. 미아와 수지는 학교 앞을 단이를 비롯한 영상미디어과 아이들에게 맡겨 놓은 채 걸음을 돌렸다. 이제 판타스틱으로 가야 했다.

미아 집에서 나머지 피켓을 챙겨 들고, 둘은 미아 엄마 차에 올랐다. 피켓을 들고 지하철을 타야 하는 수고로움을 미아 엄마가 덜어 준 거였다.

"화물차 아저씨한테 연락했어."

차가 큰길로 접어들자 엄마가 무심하게 툭 말을 뱉었다.

"우아, 뭐라서?"

미아가 반색하며 엄마를 보았다. 엄마가 머쓱한 듯 턱짓으로 휴대폰을 가리켰다. 조수석에 앉은 미아는 부리나케 엄마 휴대폰을 열었다.

- 미아 아빠 운송 일지를 어디로 보내 드리면 될까요?

- 결심하신 겁니까?

- 네. 미아 아빠 때 제대로 싸워 볼 것을... 너무 늦지 않았나 싶네요

- 전혀요. 지금이라도 마음먹어 주셔서 감사합니다. 저희가 미아 아빠 몫까지 열심히 싸우겠습니다. 화물 운송 기사들이 마음 편히 일할 수 있는 환경을 만들어 보겠습니다!

화물차 아저씨 메시지에 당당함이 담겼다. 미아의 마음은 한없이 편안해졌다. 동시에 머리카락을 밀어 버린 삼촌도 생각났다.

"엄마, 삼촌한테는 연락해 봤어?"

"아직!"

“에이, 응원 좀 해 주라니까!”

미아가 눈살을 찡그리며 장난스럽게 엄마를 째렸다.

“숙모랑 마리가 통화했어. 울고불고 사랑해, 걱정 마 난리도 아
니었다니까.”

엄마가 못 말린다는 듯 고개를 저으며 웃었다. 학교 앞에 다녀
오는 사이에 그런 일이 있었던 모양이다.

“구경거리 놓쳤네!”

미아가 해죽거리며 뒷자리를 살폈다. 피켓을 쥐고, 수지는 창밖
을 내다보고 있었다. 미아가 팔을 뻗어 수지 손을 잡았다. 수지가
미아를 보며 맥없이 웃었다.

“내가 같이 있을게.”

미아가 말했다. 수지는 고개를 저었다.

“한 명 이상 모여 있으면 집시법 위반이야. 안 돼.”

“깐깐하기는!”

미아가 도리질하며 혀를 찼다. 수지가 말려도 미아는 수지 옆에
있을 거였다. 그렇게라도 수지에게 힘이 되어 주고 싶었다.

“어차피 우리 일이야. 아까 우리 과 애들 봤지?”

미아가 수지와 눈을 맞추며 다짐하듯 말했다.

“고마워.”

수지가 웃었다.

“차 밀리는 것 좀 봐라.”

엄마가 줄줄이 늘어서 있는 자동차 꽁무니를 처다보았다. 대시보드에 박혀 있는 시계는 여덟 시 사십 분을 가리켰다. 수많은 사람이 일터로 향하는 시간이었다.

본격적으로 하루가 시작되는 시간. 수지와 미아의 시간도 지금, 이맘때에 해당하는 것 같았다. 학생을 넘어 사회인으로 돌입하기 직전의 시간. 진짜 멋있는 사회인으로 첫발을 잘 디디려면 생각을 단단히 붙잡고, 우렁우렁 목소리에 힘을 넣으며 지금, 인트로의 시간을 잘 채워야 할 거였다.

미아와 수지를 태운 차가 한강 다리 위에 닿았다. 다리 아래로 시퍼런 한강이 힘차게 흘러가고 있었다.

《굴뚝신문》이 안겨 준 이야기

어느 날, 동네 책방에서 《굴뚝신문》이라는 제호의 신문을 발견했습니다. 1면에 큼지막하게 실린 석 장의 사진에는 하늘 높이 솟아 있는 철제 구조물과 공장 옥상 그리고 CCTV 철탑 안에서 긴 시간, 외롭게 싸우고 있는 노동자들이 담겨 있었습니다. 순간 제 가슴은 철렁했습니다. 부조리와 불합리에 맞서 싸우고 있는 사람들이 우리 사회 곳곳에 여전히 존재하고 있다는 걸 너무 오래 잊고 살았다는 생각이 들었습니다. 많이 미안했습니다.

특성화고의 현장 실습생 문제에 미약하나마 관심을 갖고 있던 저는 《굴뚝신문》을 계기로 우리 사회의 노동 현장에 관한 이야기를 '써야겠다!' 마음먹었습니다. 그날부터 《굴뚝신문》을 비롯한 갖가지 자료들을 찾아서 꼼꼼히 읽었습니다. 그중 《안녕하세요, 한국의 노동자들!》(윤지영)과 《노동에 대해 말하지 않는 것들》(전혜원)이 이 작품의 기초를 잡는 데 큰 도움이 되었다는 사실을 밝힙니다.

그럼에도 현장의 이야기는 제대로 잡히지 않았습니다. 다양한 노동 현장의 이야기를 다각도로 담고 싶은데, 제 경험에는 한계가 있었거든요. 혹시라도 실수를 할까 싶어 공공운수노조 화물연대 본부와 청주에 있는 어느 특성화고등학교 선생님께 도움을 요청했습니다. 흔쾌히 경험과 시간을 나누어 주셔서 마음 깊이 감사드립니다.

청소년들에게 노동 현장의 부조리를 굳이 드러내 보일 필요가 있을까? 혼자서 긴 시간, 고민도 했습니다. 하지만 청소년 또한 이 사회의 구성원이고 머지않은 시기에 저마다 노동 현장으로 뛰어들 사람들이니까요. 조금 불편하더라도 알아야 한다고 판단했습니다. 그리고 더 나은 노동 현장을 만들기 위해 미리 준비를 해 줬으면 좋겠다는 욕심도 있었습니다. 그러고 보니 저는 참 무책임한 작가네요. 우리 친구들에게 무거운 짐을 떠넘기려 하니까요.

다음에는 조금 편안한 이야기로 청소년들을 만나고 싶습니다. 그럴 수 있는 세상이 성큼성큼 다가와 줬으면 좋겠습니다.

최이랑

인트로

초판 1쇄 펴낸날 2026년 5월 11일

지은이   최이랑
편집장   한해숙
편집   신경아, 이경희
디자인   최성수, 이이환
마케팅   박영준, 강수림
홍보   정보영
영업관리   김효순

펴낸이   조은희
펴낸곳   주식회사 한솔수북
출판등록   제2013-000276호
주소   03996 서울시 마포구 월드컵로 96 영훈빌딩 5층
전화   편집 02-2001-5822 영업 02-2001-5828
팩스   0303-3440-0108
전자우편   isoobook@eduhansol.co.kr
블로그   blog.naver.com/hsoobook
페이스북   chaekdam
인스타그램   chaekdam

ISBN 979-11-94439-68-4

다른 내일을 만드는 상상